相遇短时光

陈默 著

北京燕山出版社
BEIJING YANSHAN PRESS

图书在版编目（CIP）数据

相遇短时光 / 陈默著. -- 北京 ： 北京燕山出版社，
2023.9
　ISBN 978-7-5402-7048-3

　Ⅰ．①相… Ⅱ．①陈… Ⅲ．①诗集－中国－当代
Ⅳ．①I227

中国国家版本馆 CIP 数据核字(2023)第 173562 号

相遇短时光

作　　者：陈默
责任编辑：王月佳
出版发行：北京燕山出版社有限公司
社　　址：北京市西城区椿树街道琉璃厂西街 20 号
电　　话：010-65240430（总编室）
印　　刷：北京盛通印刷股份有限公司
开　　本：880mm×1230mm　1/32
字　　数：163 千字
印　　张：9.25
版　　次：2023 年 9 月第 1 版
印　　次：2023 年 9 月第 1 次印刷
定　　价：50.00 元

执着与困惑

（代序）

在衣食住行和诗书烟酒茶中，仿佛总有一只无形的手，拨弄着你行进的轨迹和既定的方向，可以兜兜转转许多处，也可以转转兜兜许多年，最后还是会回到曾经相识曾经熟悉又曾经困惑的原点。抑或，一生就是一场执着与困惑的较量，勿论失落与辉煌、富贵与沧桑。姑且说写诗，在不该写的年龄沉迷进去，在能写的年龄又一日曝十日寒。算起来，当是有着执着淡淡的忧伤和困惑辗转的愁肠。想想人生，也大抵如此吧。

认识现代诗之前，大多时候都是背古诗，除了课堂上老师讲授的，就是课余自己背诵的。直到初二年级时，我的数学老师启蒙了我对现代诗的认识，那时我也不知道现代诗是怎样定义的，在我的老师的教导下，只是照猫画虎而已。我开始读歌德、泰戈尔、普希金、雪莱等，也开始读艾青、徐志摩、海子、洛夫、汪国真、北岛、舒婷、席慕蓉等。但同时也开始忽略书本中要背诵的古诗的重要性。对于一个初中生来说，背诵考试的内容要远比阅读现代诗来的重要，但我却并没有认识到这一点，只是很自我地沉浸于阅读老师刻印出来的油印小报的喜悦中，看着自己写的文字油印出来给同学们阅读是一件很有自豪感的事，也满足了小小少年的自尊心。这种喜悦的成就感也同样远比背诵几首书本中古诗来的有冲击力，尤其那时油印的功夫，是要费大力气的。首先需要在油底纸上刻印，这就要求刻字的人要写一手顶顶漂亮的字，不然，油印出来歪歪扭扭的字迹也不好意思拿出来给人看，想想也是，条件越是简陋人越会有自尊心，仿佛一个解不开的魔咒。因为要学着刻写油印的底稿，所以又给我带来一个努力但是又恰恰和学习时间冲突的事，我开始用晚自习的时间练习书法，放了晚自习后，回到家自己把自己关起来练字读诗，倒是把功课放在了脑后。

在该上课学习的时光偷着学写诗，再加上没有妥善管理好上课与写诗的时间，于是我的成绩开始下降，由初二年级第二名的成绩一步步下滑到中游。后来，我又认为自己在学数学上没有天赋，靠数学提分的可能性也不大。虽然教我写诗的是数学老师，但他终究还是没有把我的数学成绩提上去，所以，也没有挡住我成绩下降的幅度越来越大。这对于一个只能通过学习考试走出去的农村孩子来说，应该算是灭顶之灾了。

初三是确定农村上学的孩子人生方向的分水岭。那时，能坚持到读初三是需要毅力的。一是上初三的孩子已经可以当成家里的半个劳动力了，半大孩子不劳动又要缴纳学费支出，对于农村家庭来说绝对是一种负担。二是能把初三读下来，都是成绩比较好的，看得见考上高中甚至考上大学的希望，盼着通过学习考试改变人生轨迹。三是初三开始有复读生了，对刚升级上来的新生是一种无形的压力，几次考试之后成绩不理想就会有放弃的打算。

初三那年，一件事给了我很大的触动，也让我的学习态度发生了根本变化。父亲为了让我吃上母亲新包的饺子，在漫天飞雪的傍晚深一脚浅一脚地步行了四五公里，用胸口的温度一直温热着饭盒，给我送到学校。当父亲在教室的窗户外喊我的时候，看着教室外黑暗下来的天和昏黄灯光下父亲被拉长的身影，一瞬间我心神有些恍惚。那时，我上的学校，是没有围墙的，只有六所房子，一所三间，四所做教室，共分三个年级，初一年级两所两个班，初二年级一所一个班，初三年级一所一个班，还有一所给老师做办公室用，一所做厨房用，没有所谓的餐厅。我们打完饭要么在外面席地而坐，要么回教室坐在自己的课桌位上吃。所以，父亲可以直接来到我们班级门口。我向老师报告完赶紧从教室里跑出来。父亲把我领到一个有灯光又背风的墙角，从怀里拿出饭盒，打开时，我能看到饺子缕缕上升的热气和父亲满足的笑容。父亲让我赶紧吃，他自己点燃了一支烟，静静地等着。我让父亲也吃，父亲说他吃过了，但我知道他肯定没有吃。我和父亲很像，所以我也知道父亲的性格。我们同样有些急躁，又带着些软弱，虽然表现得强硬，但关键时候却是狠不下心来的人，用俗话说，就是麦秸火脾气，脾气来得快走得也快，过后就没事了，没有说因为一件事重翻老秩子的旧事，也记不下仇。

烟雾有些朦胧了父亲的脸颊。看着雪中的父亲，我第一次流下了无声的泪。《雪天的饺子》是后来写的，加入了自己内心的真实感受。

这件事之后，我放弃了写诗，转过身开始发奋啃课本，成绩也直线上升。这期间，省人民广播电台播出了我的散文习作《红樱桃》，也延续了我继续写诗的火种和潜在欲望。

初三毕业，我最终以班级前几名的成绩考入了一所老牌的省级重点高中。但在录取的所有学生名单中，我的排名处在中下游了。成绩上冲的压力过大，也让我有些气馁，在迷茫之际，对于诗的执着又成了我心头那束可以点亮的火把。刚好校文学社又招新生，我顺理成章地加入学校文学社，又开始了与课堂知识脱节的学习模式，成绩晃晃悠悠，不好也不坏，上不去也下不来。现在想想也真是少年心性，自嘲之下把尴尬把握得也算是恰到好处了。当然，也发表了一些小文章和短诗，但与高考却是背道而驰，相差十万八千里了。

回想之下，从考试的角度来说，初中三年我过的还算扎实，高中三年就过得有些随性和跳脱了。这也是为什么要说，现在看来，那些执着还在，同样地，那些困惑也并没有消失。

高考的成绩不甚理想在情理之中，录取院校与自己的期待又相差太远。于是我放弃了进入录取的学校，也是可怜的自尊心使然，也放弃了复读，高中毕业后直接进入了部队。

部队是一个大熔炉，既锤炼了我的少年心性，又锤炼了我的基本认知，我再次认识到了进入大学学习的重要性。于是，我开始在训练之余发奋读书，早早购买了高考复习用书，同时，连队图书室的书也基本被我读了个遍。那一段时期，是我一个相对平稳的成长期，基本丢掉了所有的幻想，也基本认识到了只有一步一步踏踏实实地做事情才是人生的基石和根本，也才能成就所谓的人品和努力。经过两年的积淀，我在我们团也算小有名气了。第一年，因为我在宣传报道工作上的成绩，被我们师评为新闻报道先进个人；第二年，因为在《解放军报》《解放军生活》等军内杂志发表多篇文章，立个人三等功；第三年，参加全军统考，顺利进入军校学习。军校第一年，被评为优秀学员；第二年，立个人三等功，被评为学院"青年成才标兵"；第三年，被评为优秀学员；第四年，以优异的成绩考过英语四级，通过论文答辩，获取军事学学士学位，获学院军级嘉奖。可以说在部队的这几年时间，是奠基我人生走向的几年，也是一直支撑我后来学习工作的关键几年。

军校的第三年，父亲病重，我请假回家，长久没有陪伴父母的愧疚开始折磨着我。我陪伴了父亲最后的时间，直到父亲在我怀里呼吸完人世间他的最后一口气，父亲的眼泪才无声地流下，他的眼泪是那样的安静、那样的无争、那样的心酸，又那样的不甘，那一年父亲49岁，父亲属羊，一个善良的属相。父亲去世后的一段时间，我开始意识到了我的无助，也意识到，父亲在时，我还真的只是一个孩子，无论多么执拗与执着。终于，我开始学着真正长大，也促使我写诗的火苗开始复燃。

军校毕业后，我重回部队，然后结婚生子，生活的重量一点一点露出苗头，一个人的孤单和责任在奔波间疲态尽显。脆弱和坚强、挣扎和勇敢、放弃和追逐皆在万般无奈间铸就。

诗成了一个可以放心寄托的听诉者。

脱下军装，我转业到地方工作。用了几年时间，终于把生活梳理得开始像个生活，人也开始有了活着的样子。

但生活也总会在不经意间转弯。

孩子升入重点初中时，我爱人开始去援藏。我一个人陪孩子的日子简单又复杂。孩子尚知努力，在中考前就被列入直升重点高中的名单；生活普普通通，几年时间，平平稳稳、祥祥和和过得也算妥帖。

我爱人援藏结束回来后，身体出现不适，经检查，因生活习惯发生变化和饮食问题导致身体病变。所幸，还算发现得及时，经过一个将近8个小时的手术和后期治疗之后，一步一步走向新的健康。

这几年的锤打过后，我越发渐渐地明白些生活的滋味。隐性的对诗的执着又渐渐萌芽。积累下来，也是渐渐地成册了。只是，限于自身认知，所写所述多为絮语，顺其自然而已，表述情怀罢了。

人生不同的节点总有不同的困惑，生活的过程也是不断解惑释惑的过程，同时也是人生不断螺旋上升的过程。但人生的执着很多时候却是同一个，无论有多少困惑，执着可能还是当初那个执着。

让我们为人生能不断地前行喝彩吧，也让我们为能拥有一个人生的执着喝彩。

是为序。

2022 于北京

目录
CONTENT

第一辑 * 时光·所顾

第二辑 * 时光·生长

第三辑 ＊ 时光·童话

第一辑

*

时光·所顾

365 天

一直以为温柔是蓝色的
从没有拉开光亮的天际开始
就那么淡淡地存在着
和刚醒来的惺忪睡眼一样

数着 365 天的日子
没有告诉过亲人也没有告诉过朋友
过得是好还是坏
还用不用担水劈柴
握不住的时间在指间没有节奏地敲打
在温柔里坚强容易像蛋壳一样散裂
纹路清晰的年轮就那样一圈一圈地走过
每一天都像皱纹一样增多

总说要善待每一天
多数却会像铺地的黄叶一样妖娆
舞一阵蹈一阵悄然滑落
不念秋天不伤冬天
不辨是否年轻还是年老的容颜

总是要温柔

每一天

不管是不是蓝色

或者不曾记得不曾认识的那种色彩

如果可以

如果可以
我将用尽最后一丝力气爱你
不为你青春的年华不为你美丽的容颜
只为你为我撑伞的那个雨天

如果可以
我将倾尽最后一段时光陪你
不为你曾经的相伴不为你共历的苦难
只为你在我面前永远的笑脸

如果可以
我将再没有一句谎言
再不让你为我牵挂再不让你为我无眠
如果可以
我将再没有固执己见
再不让你为我惊慌再不让你为我思念

如果可以
我们就携手去草原
看看你钟意的骏马

如果可以

我们就漫步去西域

陪陪你最爱的格桑花

如果可以

我们就重新约定

下一世我和你

还仍然柴米油盐

还仍然诗书烟酒五湖泛舟

还仍然细语当歌十指紧扣

再不负生命韶华再不叹时日苦短

当我老了

撑起印满喧嚣的雨伞

守望成一脉黑白相间的风景线

引领风的航向

行过天涯海角拍岸的涛声

当我老了

就只想捧起你风月一样褶皱的脸

止住不再匆忙的脚步

饮尽夕阳和醉酒一样的嫣红

家里那辆不曾拥有的四驱车

载走了苍苍茫茫的一生

再没有驱动

躯体里已所剩不多的激情

当我老了

就只想把身心放置在四四方方的框架中

静止白发不再拥有的葱茏

存封生命舞姿一样的跳动

如果真的什么都不再继续

那就学学海子吧

让我面朝大海

遥祝春暖花开

梦中的模样

半开的窗

我不知道飘进来的风景是什么模样

你当初的碎花裙

还有没有给我留着恋爱时的梦想

冬季的温度冷得只余仓皇

我定不下来是否能带你走到远方

所有的希冀只是和你一起伴着夕阳

看咱们种的花花草草有没有健康成长

还有咱们是不是老去的爹娘

孩儿大了容颜老了

多余的岁月只是在你我身上脸上刻下的沧桑

却还在自以为是地说着追求梦想

我早已没有了年轻时那点燃一颗烟的繁华和担当

不要再以为我还是年少轻狂的模样

岁月老了

并且已老得不知所措

唯一还能记起的是约会的月光和操场

没有拥抱

只因为我们一直在徜徉

至今都不敢说

到底是谁辜负了爱情的赐予

是怪我的胆小你的矜持还是不公的上苍

拉上的窗帘

隔绝了所有的想象

隐约传来的车水马龙和我已没有了那一份亲热

再多的喧嚣早已不是我的选择

只余我把双手扣在头顶

缓缓地走过念想

清冷的是冬季的月光

还有那不曾睡下的岁月一直在任性流淌

翻开一页书吧

记忆下脑海里一直一直的印象

和着一杯清水沁涸进我不再做梦的睡乡

日子

其实就是一个今天挨着一个今天地过
不必设置时间沙漏
不必数时钟分分秒秒
雨来雪来风霜俱在
花红柳绿风景皆好
心归安处
都平平淡淡坦坦然然
无惊诧无莫名

守着同一轮太阳
守着它起起落落
还有月和星辰
在蔚蓝里镶嵌或者陨落
银河外都是星星的家
我想那一样是蓝色
从这边走到那边
只是从家的这头走到家的那头

一年两次季风
春季和秋季

在炊烟里垂直或者弯曲

都是一样的袅袅娜娜

粮食是阳光的味道

我想那就是汗水和心血

哺育着日子

从一个季节走到下一个季节

伴随着的是万物生长

懦弱或者顽强

两株西红柿

春天开始的时候

我在青花细纹氤氲的六角花盆中种入了两粒种子

我怕只种一粒成长后会孤单

新换的土壤汲取了一个冬季的力量

是三哥从逐步解冻的土地里一锹一锹刨出

松软之后掺入草木灰

很强壮

还不能打开阳台的窗

还只能放入玻璃外的阳光

只有温度足够才能万物生长

只有打破坚硬的壳才能生命坚强

破壁很疼

我听见了他们边流泪边成长

我听见了他们相互鼓励互相搀扶

痛但生长得并不慌张

破土而出酝酿出一个季节的希望

而从这一天开始

两粒种子的名字正式命名为西红柿

所有的荣光从来都只有自己付出才能希冀

名字也是一样

花盆的轮廓很小

两株西红柿肩并着肩向上

我以为他们也要优胜劣汰

我以为他们也要争争抢抢

但我一直看到的都是他们手牵着手叶连着叶的谦让

并行着，姿态优雅而端庄

我每个早起都举行一个仪式

浇水松土和施肥

不多也不少不溢也不缺

不敢偷懒和懈怠

因为不敢愧对他们拼着命的努力

我知道他们的努力并不是追逐如梦繁华

只是，仅仅只是

为了丰满且富足的一季

花开花落

花落结果

午夜

霓虹灯眨着眼睛
沿热闹了一天的马路前行
没有思索前方为何方
被夏季第一场雨打湿的灵魂拉着我从夜空中醒来
我仍喃喃低语春眠不觉晓

黑暗依旧
虽时间可期曙光初露端倪
但却忐忑要不要为一个春季的赤裸披上外衣
然后折身而起
路还远
止不住落荒的喘息

奔奔波波坎坎坷坷都倒进盛装的酒杯
对了，还有对未来的恐惧以及惊悸
一齐点燃
一饮而尽

夜不是我躲藏的地方
哪怕是在黑暗的正中央

醒来不是失眠

只是多了一次和自己对视的机会

仰天长笑抑或窃窃私语

双手紧扣握紧光明和自由

心和黑夜一起，期待黎明和阳光

你我皆少年

没有鲜衣怒马

只是那时你我皆少年

骑车去上学

你在前我在后

你直线前行

我守望两边

呼啸而过的车和行人

你负责听和看

我负责躲和赶

我们骑车一起经过了初中，走到了高中

距离像成绩越来越远

你在榜首我在榜尾

所有牵绊的

都是榜首和榜尾的思念

高考是一道分界线

划开了隔着长江嫩江松花江的遥远

天之涯海之南

和漠河的落日圆相守相看

是军营的号子唤醒着校园里的每一天

是校园的读书声和军营日日相伴
所有时光都流淌成弹指一挥的瞬间
还是和高中一样
你匆匆忙忙
我慌慌张张
仍然还都是年轻的模样

两包行囊一座城
就是我们再次相聚的终点
你拎着断了跟的高跟鞋
我打着可以承载两个人的雨伞
跟跟跄跄依偎着取暖
没有精打细算
日子倏然走过了三十年
有风花雪月也有柴米油盐
头上已有白发
但心中有坦然
脸上已有皱纹
但相看两不厌
手拉手共度世间苦寒
百年同船方可千年同眠
问一问弱水三千
所有归来的，是否皆是当初容颜
我知道你我还仍然少年

哪怕我终将老去

我悄悄走进夜色，听到
星星和月亮互诉衷肠
家，透出一束束的灯光
风里，有花香

谁的拥抱温柔俏立呢
是我三生三世的情人啊
来温暖我吧
抱紧生命所有的苍翠

与你相拥
我悟透时光流逝的真谛
这一世我一定牢牢记住几经风霜的胸膛
哪怕她已经由柔软到粗粝
这一世我一定紧紧握住予我爱恋的双手
哪怕她已经没有十指紧扣的力气

只是因为有你
我才不舍离去，贪恋这烟火繁华的人世间
哪怕我终将老去

你的眼睛

我爱你如秋水一样的眼睛
就像爱你如水晶般纯净的心灵
喧闹沉寂活泼安静
丰满整个池塘的鱼戏莲叶东

我爱你如秋水一样的眼睛
就像爱你如鲜花般绚烂的笑容
春暖秋凉夏热冬寒
沉醉四个季节的长睡不愿醒

我爱你如秋水一样的眼睛
就像爱你如蚕丝般温润的柔情
轻盈舒缓细语慢言
朦胧袅袅婷婷的山水长画卷

我爱你如秋水一样的眼睛
就像爱塞外江南，就像爱戈壁长滩
就像爱芳径古道，就像爱大漠孤烟
就像爱家乡故园，就像爱万里江山

我爱你如秋水一样的眼睛
用我奔波的活力和沧桑的年轻
你的眼睛，我的眼睛
手牵着手点亮黑夜中前行的灯

起风的时候

起风的时候，天微凉
我挂念着你是否加厚了衣裳
因为你一直以来都贪恋阳光
忘记了季节还有雪霜

起风的时候，夜微殇
我惦记着你是否还能看清方向
因为你一直以来都行得匆忙
忘记了脚下并不坦荡

起风的时候，心微惶
我担忧着你是否还能悠然歌唱
因为你一直以来都习惯自我疗伤
忘记了坚强也需要臂膀

起风的时候，月微亮
我站在你归来的道路旁
和树荫一起守望
直至夜色苍茫身影渐长

起风的时候

我张开双手希望能拥抱你回家的梦想

再不关心解落多少三秋叶

再不关心吹开多少二月花

再不关心激起多少千尺浪

我只在想，你还在远方

记忆里的你一如初见

如果真的有沧海桑田
我一定陪你物移星换
与你一起，不问时间
铭记小路和花草，粮食和炊烟
从出发到终点

我知道，路遥且远
十字路口与红绿灯只能阻缓
奔波脚步，匆忙的笑脸
却留不住一次旅途的遇见

我知道，生命多艰
晓梦易醒与岁月易逝只是记忆一段
筚路蓝缕，取暖的衣衫
余一抹风花雪月，似水流年

迷失的蝴蝶扇动翅膀
惊醒了沉睡的杜鹃
谁的肩膀在负重
背一页或长或短、或深或浅、踉踉跄跄的诗笺

我期盼，你的身影仍蹒跚
风尘和风霜，再不渡重重关山
我期盼，和衣而干最后一抔红颜
悠久和幽远，入喉处缠缠绵绵

酒杯残，人尽欢
曲终人不散，言尤无眠
心底开出的花，依然
明媚灿烂

栀子花开

我从来不知道栀子花是白色的
抑或只有我们家这棵是白色的
我也从来不知道栀子花应该是树还是花
是花开一树还是一树花开
我承认我是个孤陋寡闻的人

屋子外飘的阳台一直我都保持着空无一物
我怕阻挡了我的视线哪怕一粒尘埃
窗明如镜
可以从北京跨山越水地看到西藏
就这样日复一日地守望
孩子说我这是老年痴呆的迹象

日子到了花就满了屋子重新成了家
栀子花摆在了茉莉花旁一起成长
我顺便填进去几株辣椒和西红柿
让她们共享照射进来的阳光
等待结了果实就让辣椒调味西红柿调色

茉莉花还是先开了栀子花还是蓓蕾

红的紫的映出了高高的姿态
于是我开始拼命地浇水
期待茉莉花更艳栀子花快开

叶绿得厚实极了茉莉抱着栀子花孕育生命
有虫蛾长出了翅膀但只围绕栀子花徜徉
越来越多，阳台热热闹闹
我大概睡觉时才听到栀子花和虫蛾诉说
疼痛过后花始自开

于是
早上起来我打开了窗放进清冷还有晨曦
深呼吸舒展窝了两个四季的身体嘎巴作响
这是栀子花的声音
那么年轻又那么沧桑

栀子花终于开了
开成了并蒂莲
的确是白色的
和病房的颜色是一个样子
纯净而安然

瘦弱

我知道那种味道已经瘦骨嶙峋
已经闻不到一丝的芳香
泼洒的笔墨想去依靠谁的肩膀
在雨夜中我看到你淋了一身的凄凉

你累了吗？
在我混浊的目光里
仍有那别样风情的摇曳
暗影浮动的可是你披上红霞的容颜

苍老了的不仅是岁月
还有未曾梳理的爱恋
握紧手里来自海边的细沙
我听到了时间滴滴答答的呻吟

袅袅青烟的青花瓷飘不散一身慵懒
我单薄的嗓音唱不透历史的厚重
背负起扯不断的牵牵绊绊
在枯萎的篱笆前和孤单越走越远

问情

你问我

如此生活和如此的你

下一世我是否还会选择

我想

如果这一世

是因为我怕你受更多的苦

有更多的不安和痛楚而选择了你

那么下一世

只要不是比我能做得更好

只要不是比我更能照顾你

我就不会离你而去

无论你多么豁达多么坚强

你问我

如果这一世

你走得匆忙没有完成自己的轨迹

我是不是还有惦记你

我想

只要不是我也随记忆消散

只要不是我比你走得更匆忙

我就不会任由在岁月铭刻下名字的你随意逝去
无论我多么无力多么彷徨

只要你
没有比现在更好的归宿和更美满的笑容
我一定还会选择你
因为我只是追求
你
在这多情又多恨多喜又多痛的人世间
能更幸福
能更从容

如你

垂柳荷花独孔桥
孩子的奔跑
轻轻划过湖面的鸳鸯
如你，依然长发飘飘

道路行人四叶草
散步的小鸟
柔软站在风中的音符
如你，依然温婉微笑

分开的那个日子
已失散许多年
近在眼前还是远在天边
记忆不丈量距离

再经一个夏季
节拍流落成雨
舞清影
如你，所有的过往都落落大方清晰矗立

思念

坐在佛前的蒲团上
执书为香
翻到那一页泛黄的时光

心事多年不语
只随青烟袅袅飘荡
越过河越过海越过田野和山岗

春墨为口粮
还是未能放下岁月逃离的落荒
遥望日益消瘦

脸庞和年轻
一起渐行渐远
我和你与故乡之间依然杳无音信

已经习惯了成为思念的佃农
荷一柄长锄
在心中温润的土地上执着且坚定地默默耕种

失去

信笺蒙尘，阻隔思念
读不出，丢失多少日子
岁月泛黄，记忆在追逐路途上，断裂
约定，很久之后才能抵达的相遇

穿行于冰雪，跌倒或者站立
执着于每一次期待
贴不近的心跳，硌疼拥抱
串串跌落，遗失在遇见爱的拐角

第一次从人间世界路过
领略爱和冬季的苦楚，抑或美好，抑或落魄
多年以后，我们还有机会并列沉睡
让这一世的皮囊，静静蜕落
就算指尖与指尖，眼神与眼神
无法触摸

是的，转身一瞬
已是天涯
舟不到岸，放不下
还是牵挂

情人节

我的温度，太单薄
暖不透你腹部的伤口
凉，透进了骨子里
紧紧拥抱，不舍弃

去年，从清晨开始
整整八个半小时
我等到了夕阳西下
才等到从手术室出来的你

脖颈的大动脉，血续进身体
六根输液管，把你覆盖
我站成了雕塑，等待你
泪，只摔落在洁白的地板上
惊醒，我迷茫得惊慌失措

还好，医生有一个手推车
绑入我的生命，从希望走到希望
大哥、二哥、三哥、大嫂、二嫂、三嫂
都推着向前

三叔三婶早早就来了，和我一样嘴唇干裂

只因为一句话：签字

我落了笔，其实早就是一辈子了

哪儿还需要最后一画

我不怕：一滴一滴营养液供你

我不怕：一勺一勺小米汤喂你

我不怕：一声一声亲爱的喊你

我不怕：一夜一夜不眠地陪你

你醒来的那一刻

我过完了最幸福的情人节

烟花绚烂，盛世花开

别离

错过车站，一眼就是一生
人那么多
无心算计谁会在哪一个季节凋零
回首，来路如烟朦胧

别离，是岁月流动的姿态
作揖躬身，依然无法挽留
人间，停下一分钟
时间无法串联，记忆会断线

拥抱吧，别吝啬
在每一个多情的时刻
自己和自己也会诀别
过去，今天，抑或明天

朵朵花儿开

酝酿了那么久，还是想向阳而生
挣扎了那么多，还是想笑脸相迎
毕竟，一个轮回又重新开始
不能辜负期待和守候，和每一双托举的手

寒仍然压在枝头，但春终究是来了
把落雪融化，化成涓涓细流
湿润皲裂的伤口，慢慢愈合
掩埋掉淤积的最后一声长叹

蓓蕾满，花儿开
归来，还是那个少年
摇起季节的橹
启航新的春天

与女书

我掌握不了自己的命运
同样，也掌握不了你的命运
你我相遇，是偶然
在世间，又一次重逢

轮回时，我一定是没有喝孟婆汤
记忆了所有的坎坷与不甘
你也是，把我所有的缺点也都记得那么刻骨铭心
还是要攥紧我的手，还是要抚摸
我满脸风尘的样子，你就是不舍
你也是没有踏过奈何桥啊

我定是要，记下你的每一声啼哭
每一个笑容，每一段成长
我定是要，记下你的每一次跌倒
每一次站起，每一次坚强
我最不想的就是，留下你的哭泣
你的伤心，你的忧郁
都融在我快速风干的血脉里吧，不再随着时间流淌
用我枯萎的三千白发，陪你

陪你读书，读出知书达理
所以，我再次捡拾起放弃的泛黄书册
一页页的朗读，唐诗宋词春秋礼易
陪你玩耍，玩出眼界旷达
所以，我再次迈开双脚和你一起出发
一次次的旅程，古街小巷海角天涯

陪你经春夏秋冬，陪你阅人间苍生
陪你过山川河海，陪你看一树花开
其实陪你，我是自私自利的
让你站在我的肩膀上看世界
私藏着我的祈盼和心愿：平安健康，待你长大
不为斗米，不负韶华
女儿啊，父女一场，我们还需彼此体谅
我也是第一次做父亲，不足之处，请多包涵

与妻书

1

一种冷，需要温暖

爱能冲淡一切，包括那时贫穷

低头弯腰，拾起

鸿雁飞过的踪影

一行行泪，一行行累

生活，其实也并非苦难重重

2

距离远了近了

青山高了低了

在于心间刹那

安于本心，妥协了生活又如何？

日子碾碎成盐，方才有滋有味

3

拥抱是两个人的故事

每一把伞，都承载着雨天的缠绵

相牵着走

一眼的天下，足够大

世界也足够温柔

4

盛满瓷盘的炊烟很香

烹饪了一份份酸甜苦辣

鲜活了匆忙

陪伴多长远

都不愿承认爱恋会渐渐走失

5

有无数个那年

也有无数个冬天

珍藏一壶老酒，在岁月尽头处开封

破冰前行

腊梅花，会迎雪绽放

6

邮差一定还在奔波

还在来取多年爱情手稿的路上

打算盖上邮戳

再放飞，年轮一圈圈的荡漾

7

昨天，我已经习惯于

偷偷躲在一个角落

读收到信息的喜悦

抑或没有收到的落寞

一盏如豆孤灯，慢慢晕黄漫长
今天，我仍然在复习

8
一起，清白如纸，一如从前
你拎着高跟鞋，我折叠起雨伞
赤足而行
高高低低，一路泥泞
一头扎进命运的樊笼
不思量

9
光阴那么短
特别容易辜负年轻
走过的路，足迹清晰亦模糊

10
其实，时至今日
你可以，立于属于你的窗口
眺一眺远山的风景了
也可以，负起双手，品一品又一个春天的风
但毋庸置疑，你还是坚持用力地活着
因为，你说这才是生命真正的性格

与己书

1

不惑之年
还不是谈论死亡的年龄
悲伤自己，取悦别人的道路
不用赶得太急

2

挨过多少耳光还是不长记性
心智成熟的距离那么长又那么远
何为成熟？无需追逐
一个名词而已
何必较真

3

可以迎风而立，但不可以迎风饮酒
一醉之后，容易泪眼迷离

4

躲进小楼，躲不了世事烦扰
急了眼，就会被劈面一把
抓着衣领，提出所有的狼狈

5

孤单，影子会越拉越长

与自己和解，尔可敢？

6

你不会游泳，只有在日子与日子之间沉浮
呼吸艰难，应该多珍惜
每一个能够换口气的间隙

7

冲撞这个世界太多
快乐，根植于内心深处的痛楚
作茧长自缚，挣扎
苍白无力

8

给每一个亲人写一封信吧
在这世间留下你的痕迹
证明你们还是亲人还是有血缘关系
最大的希望就是告诉他们
要在族谱上也留下你的名字

9

还是要想到墓碑
就要无字的吧
不说千年，千年太久
就百年吧，百年以后
也让后辈们猜猜你是谁

缠绵

我想，躲避
鳞次栉比的梨花桃花樱花海棠花
甚至躲避整个春天
躲开这个多情的季节

怕了相遇
怕了痛哭流涕
每一次，都用红肿的眼睛
迷离落英缤纷

温柔，一层层剥去外衣
直至裸露我单薄的胸膛
春风慰藉，轻轻地捶打
哪一个又让你逃离

没变的是一如既往的那个情人啊
封印了我的躯体
若即若离，思念如细雨
打湿满地花，零落成泥

雨中

怀念那个如烟花一样的女子
油纸伞和雨巷

雨淅沥而下，我拾阶而上
高处守望
小巷挂起一抹绿，激起藏在深处的相思
牵手的余韵芳香，可否再共舞

心事成云烟，昨日离别已经年
身影遥无踪，如今闻香识涟漪

逡逡巡巡，沿着你留下的足迹
偶尔停下，依稀听雨打屋檐
噼啪，噼啪
惊醒鸟儿飞起，喧闹一方孤寂

一场恋爱

我一直都想悄悄地告诉你

不要把种子埋在我的心上，连着心血

我怕，一不小心它就发芽，甚至开花

在春天里，发芽了就是三千希望，和三千世界一样

在细雨滴答中生长，在人间烟火中盛放或者湮灭

但你还是坚持着希望

都如此了，我们就一起赶路吧，经风雨时

请你在我的伞下可好，别再让年华零落

沧桑三千秀发

弱水三千只取一瓢饮，可矣

总有一些痛楚要铭记

我从来没有想过
给风中飘散的炊烟一个拥抱
母亲在给火焰添柴的时候是专注的
她被温度映红皱纹的手，召唤
我在远方的久久凝望

门口柳树发芽的季节
一场雨打湿了记忆
在离家出走的相册里
静止了相遇
烙印灰白的青春

从春到夏，我都忘记了归期
忘记了垂柳会轻拂水面
也忘记了屋檐下的燕子呢喃轻语
麦子已收完，颗粒归仓
勿再问，何处是归途

约定不可期

我从北方走，你从南方走
相向而行，约定
在中间的十字路口相遇
我背着行囊和书，你也背着行囊和书
所有的记忆和经过
我们都在书册里着墨

路和时光都是无限绵延的蹉跎
花开一瓣，轻轻落
繁星银河，涟漪微微漾

夜晚记忆中的路口，月光流淌
我没有认出你，你没有认出我
一错而过的时候，天空潮湿起来
风吹乱了长发，雨打湿了脸颊

路途中，衣衫旧了
栖息地远了
记忆重了，方向渐渐沉没
岁月一点一点老去

承诺日益消瘦

把行囊放下后，唯余书页
漫卷年轮泛黄，这一刻来临时
终点再不必琢磨
折起一道山梁，远望就是归宿

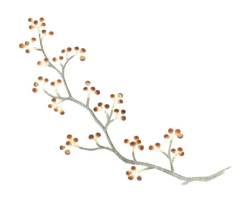

这些花儿

这些花儿，来自不同的地方
比如，石斛来自霍山，茉莉来自云南
比如几种多肉，来自山东和河南
它们都聚集在了阳台，铁栅封闭，无风无雨

妻子成为花匠。料理得很精细
有着一条杠杆撬动地球的勇气
也收集山川的雄浑河流的底蕴
把鸟鸣悬挂在窗外。陪着日出日落

冬天是一个适合温暖的季节
严寒都在田野里，天地间，柳梢头，马路边
这些花儿，凝视白色冰凌
静静而立。妻子拿白米饭喂养它们

从春天开始，外面，草儿拔地而起
枝枝丫丫填满每一个日子
花儿朵朵穿透每一次路过
这些花儿，心事重重

石斛坚持着不开花，茉莉低下头思索
多肉日见消瘦。妻子长长地叹息

那个清晨，露珠打湿头发
这些花儿，妻子在楼下苗圃里放手
近期天气预报，有风有雨也有雷电
妻子，心事重重

出差一周。枯萎的韭莲盛放
粉的红的花儿锦簇
石斛花是黄色的，茉莉花是白色的
天高云淡。这些花儿，明眸皓齿
妻子微笑。阳光归于阳光，田园归于田园

红颜

夜晚的夜晚是幽暗

你烛光下的翩翩起舞，忽略了是在拈起酒杯前

迷茫一捧柔软，迷茫了时间

长途跋涉，我醉得那样不堪

沧桑的疲倦丢失了方向靠岸

在赏析和自由的渴望里

我大抵看到了一张纸的洁白

想必，是你经过那只被唤醒的蝴蝶的斑斓

我不该在你面前伪装成书生的模样

用春风做个了断后

我确实不该如此的牵肠挂肚

逃得时日久了，台阶上的青草开始枯萎

坚硬的皱纹汇合落败的身影，思念举步维艰

大雨

我有一把骨头，被风雨侵蚀
在烟波中飘摇
满地的冰雹和力量
淋透一腔心思

还有一份爱，我无法舍弃
拼尽所有的语言
痛惜，流水潺潺
车靠不了岸

等待煎熬，时上时下的霓虹
奔波在下一个路口期待
再呆一会，
该是雨过天晴

敲击的是哪一个心情
我只听到家乡念盼的归途
上苍的交给上苍
民俗的交给民俗

别亦好

温文尔雅在台风登陆的席卷中被背叛
狂烈，宣泄得淋漓尽致
没有哪一分声称的温柔可以珍惜
也没有哪一分标榜的爱恋可以心痛

荒原无尽孤寂，尚余老树枯藤
艳云天下，水墨易涸山水易竭
盘膝而坐的时刻，只是等秋风吹落
繁华凋零

沙漠没有留下心田，一把颗粒飘散
埋没一路行来的痕迹，用尽力气
还是逃不脱点在额头的呵责：
你这个暴君！

约定

荒原，你孤零零地挺立
周围都是阳光
我只是站在远处，心乱如麻。遥望
从我身体里走出来的辽阔

我和你都一遍一遍地告诉自己
要做一个勇敢的人
孤独总是暴露我们可耻的软弱
我们向往热闹和热烈

黄沙路过我们身边
催促起程的铃声响了
原来我们忘记了，脚下的土地也并不属于我们
流浪者，所谓的坚硬不可触及

但我们可以约定：
当迷失所有方向的时刻
我们就向着太阳奔跑，不问归途，心若大海
一路天堂，种一路花香

回乡记

早早地，月就挂在了半空
附近的星揣起手，忽明忽暗地走来
田野辽阔。我一直处于失忆当中
辨不清是初夜还是黎明

村落比起几年前越发清冷
乡音坚硬如铁
该沉醉的都已经在温柔里沉醉
该飘摇的也会如浮萍般飘摇

路的尽头，我终会和父亲相遇
落脚处再无尘埃
春季草青，秋季草黄，夏季有风，冬季有雪
我和父亲有一处居所，充满暖阳，无佞无妄

母亲的院子

我躲在母亲院子里
安静地坐着，
看一会儿天空，发一会儿呆
撒一把粮食，喂喂欢天喜地的鸡鸭
来回奔跑的小狗偶尔咬一下我垂放的指尖和它自己的尾巴
剪完枯枝的铁树也开始悄悄地发芽
像我小时候躲在母亲的怀里，
偷偷睁开眼，窥探母亲轻轻地说话

夕阳西下时，我需要站起身
打理行囊，准备再一次出发
我知道的，母亲和她的院子一样
我离开一次，就更老一些
我离开一次，心就被我带走一分
每一次离开，她都要看着我越走越远
坚持到看不见我的身影，我也看不到她的身影
我知道的，我身影消失的一刹那
母亲已是泪雨如下

余下的时光，我不敢再和母亲告别
风沙已经把她的岁月打磨得太过薄凉
我想留下一泓白月光
守候在母亲院子，静静流淌

父亲的味道

父亲的味道
过去是一个季节跟着一个季节劳作的味道
那时候没有高铁没有电话也没有外面的世界
父亲属于土地
朝霞做衣起床而作晚霞做裳搭肩而回
肩上还有锄头和铁锹手里有阳光和老茧
我随在父亲身后站在父亲身影的肩膀上
陶醉且悠然

父亲的味道
后来是一趟班车跟着一趟班车进城打工的味道
那时候还依然没有高铁依然没有电话
但是却有了农村流动的人潮
父亲属于候鸟
村庄做圆心起点出发城市做半径终点到达
背后还有行囊和干粮身上有善良和力量
我没有随在父亲身后也看不到父亲的身影
焦急而慌张

父亲的味道

后来的后来是一剂汤药接着一剂汤药卧床养病的味道

那时候有了高铁也有了电话

但我却漂泊流浪在他乡

父亲属于孤独

黑发守望成了白发眼睛由明亮到混浊

月圆月缺日升日落

父亲没有看到我的归程更没有看到我回家的身影

苍老而失落

父亲的味道

现在是一张照片接着一张照片泪如雨下轻抚的味道

任高铁提速电话迅捷再也无法到达

我和父亲分别属于奈何桥的两端

父亲不再劳作打工养病

我也不再漫无目的的漂泊一事无成

终于我可以望着父亲，父亲也可以望着我

静默而无言

父亲啊

就让我铭记着这一世您所有的味道

留下这一世所有没有实现的念想

铭刻在记忆的河，下一世再展翅

再不让您喝孟婆汤，再不让您过奈何桥

再不拌嘴再不争吵再不倔强
再不在家和他乡的两端任思念飘摇
就和您一起守着平凡让时光流淌
炊烟作伴，岁月安好

老房子

暖阳从视线醒来的地方升起，照耀枯枝
月苍白，挂在屋顶
她喜欢老房子，喜欢站在老房子屋顶上的踏实
人间烟火，都从屋顶开始袅娜

暖阳其实不暖，行人知道
也知道腊月的风很凌冽
所以，有大衣或者羽绒服的人都是裹紧身体
没有的人呢？住在老房子里没有暖阳的人呢？
只有和屋顶月一样苍白的脸
努力为无处安放的手哈口暖气
当然还会跺着脚

因为老房子，我开始不喜欢冬天
不仅仅因为每一种救赎的蜷缩
不仅仅因为每一个白天的苦短
还有老房子每一次冬日的苍凉和悲伤
还有我奔波多年一如既往的无能为力去改变

一顿汤饭

打开从京城归来的西湖牛肉羹
添水，用母亲在田间拾取的柴火煮沸

盛满粗瓷大碗
端到卧病在床的父亲面前
没有咀嚼，父亲狼吞虎咽

那是我人生第一次做饭

我以为我做出了世间最美的味
忍不住偷尝了锅底，至今都没有告诉别人
那时的咸和苦瞬间让我失去味蕾

父亲的人生
只吃了我做的仅有的一顿汤饭
那一年父亲四十九我二十一

父亲闭上了眼
两行清泪流进我的怀里，再无病痛
那一年，我号啕大哭

军装

带着钢枪的烙印，从边关
归家
肩膀上落下两颗银色的星

父亲黢黑的脸，笑容悄悄铺展
把皱纹晕染
着墨很轻，如一张铺开的熟宣

家中的灯还是那样温暖
摆上酒，父亲才打开我以前的旧衣衫
补丁依然柔软，是母亲一针针缝了好多年

我穿着军装在父亲面前，站得笔挺
父亲净手，焚三支香
袅袅轻烟，浮沉家训五千年

雪天的饺子

那是一夜的雪，月光仍晃眼
我读书，还是少年
不知窗外的奔波与谁相关

班主任在敲窗
喊我，我以为是学习优秀的奖赏
推开门，才知道是父亲一身的风寒
还有门外的路灯昏黄

我懊恼，因为我再也遮盖不住裤腿补丁的孤单
父亲赧颜，拉着我在学校一堵墙的角落
从怀里拿出尚有温热的饭盒
是仍然还带有父亲体温的饺子
父亲说，儿子你吃一个
我挣扎，责怪父亲丢失了我在同学面前的颜面
父亲无言
盖上饭盒踽踽离去
在很遥远很遥远的距离
一声叹息

父亲去世后我才知道
那一天是他的生日

夜归

我从来都没有想要去弥补生命的裂隙
直到现在
我都没有明白死亡的意义
活着是自然的规律

紧握在手的时光之沙滴滴答答的遗落
硌疼跳动的脉搏
选择在夜深露重里静坐
等待，闭口不语

弹去指尖燃尽的灰
迷蒙了浮沉多年心事的下弦月
和路灯辉映
挂满了念着匆匆归家的星

寻遍了所有的路
不忍或不舍
没有一条能够解脱
哪一种都蕴尽了挣扎和落魄

孤独背后的云朵

在每一个鲜花盛开的夜晚归来，落落寡欢

茶与酒，都一饮而尽

醉透世间苦楚与灵魂

夜晚

有人欢欢喜喜地聚餐
有人热热闹闹地跳舞
有人悠悠闲闲地散步
有人风风火火地赶路

有人埋头苦干地加班
有人安安静静地读书
有人尔尔我我地算计
有人坦坦荡荡地虚怀若谷

有孩子哭
有老人笑
有窃窃私语
有吵吵闹闹

风书苍穹夜色为墨
留下的都是身影，匆匆的都是过客
每一个来临的夜晚
会是为谁等待的自作多情

天空若寂静

喧哗的唯余世间苍生

夜思

不愿灯光太亮，想着昏黄和幽暗

黑色才能遮盖黑色的脸

吟诗作赋已是清欢

一杯酒，朦胧心绪两端

一端是现在，一端是从前

行来花满路，怜花惜花许多年

弯腰低头拾取枯落的花瓣

再抬头，仍是笑容依旧

无处葬花，都作了尘埃

不见

默默无言，读懂浓茶易淡

苍苍白发，遥远了苦辣酸甜

追逐

飞蛾扑火，我全力以赴地奔向你
远方定义方向，直到迷茫
我站在雪天的暮色中
数着一片一片年轮，飘落

站成雪人，心是冰凉，我不想再让心脏跳动
捂紧疼痛，暖化明悟，似水流淌
叹多少个经年，背影越来越远
脚步未曾留痕，一路泥泞

从未曾追上过你，从未曾得知
前方累不累，哪一个季节最适合回眸
掬起风雨兼程风雪无阻的容颜
渐渐老去

长满褶皱的铠甲再经不起曝晒
随沉重的奔跑消融
山峦尽失
胸中沟壑寸寸磨平

烟雨

我掌着长篙
撑不开初发的兰舟
守着千年的渡口
踏上青苔，捡拾百花的锦绣

杨柳岸，晓风残月
西湖畔，断桥长空
装扮一身的烟雨朦胧
望不见，钱塘矗立的潮头

你撑着油纸伞的身影
敲击青石小路的尘封
吴侬软语的歌声
芬芳了水墨中的山石柏松

茕茕而立，孑孓独行
一叶舟，一道影
谁的呼唤联络起舟和影的红绳
思念成灾，沉醉在绵绵烟雨中

游子

一帘黑夜覆盖，世事俱寂
一轮残月斜挂，心事寥寥
拾起一地碎星，不问照耀谁
隔空无声呼喊，何处是乡关？

远山越来越远，路渐趋迷失
攥紧的机票标记日期已模糊
哪一趟航班才是归途
站在岸边，迷茫横无际涯

又要节日了，燃尽最后一支烟
无论如何都要出发了
至于何时能抵达，再和时间商磋
最少，先放下孤独，回家

漂泊

安静下来
在自己的节奏里开放
摇曳之姿妖娆沧海一粟的流年
悄然年轻悄然老去

其实，半个月亮在楼后升起的时候
我知道距离
已经离家很近了
漂泊也离得灵魂更近了

还有余温的一碗面
在餐桌上等待了很久
温柔的目光里
只是期望我把剩余的味道品尝

路过人间时
无声的安抚太多
这一世，散尽坎坷
唯余善良

寻路回家

我一直与那只困于笼中的鸟儿同行
只两相看彼此无言
路过诸多风景
只到夏天去了，秋天来了

每一个十字路口都是歇脚的驿站
红绿灯按规矩明明灭灭
路延伸到很远幽幽暗暗
翅膀扇动的频率有待生活的和弦检验
与谁合拍又与谁越来越远
我和鸟儿丢失了一路的记忆

经过风经过雨，心绪
丝丝缕缕都变成柔软
羽毛遗落满地
叶子绿了又黄，往事可以酌酒可以栖息

夜已很深，鸟终要归巢
我握住满手的年轮，生命沧桑
向萤火虫借一株光，种植在寻找回家的路上
想着，长成一季阳光，芬芳满院花香

第二辑

*

时光·生长

理想与现实，在收获与失去里徜徉

1

我只是不小心

打开了芬芳古道的文章

没有刻意地去用水袖擦拂满额的灰尘

谁能遗落一世又一世的从古到今

不是我，我没有这个文笔，也没有这个胆量

在历史尘埃中穿梭，隧道太深

我只是怕，把笔墨遗忘在角落

从奴隶到将军，从平民到王侯，路很长

翻一页书，其实也只不过是弹指一挥

2

行在了边塞，背了一身夕阳

没有马，哪怕是很瘦的一匹

我是踽踽独行而来的

只是着了一身青山，心里念着草原

发丝里还有大海和江湖的湿气

我已经不知是从哪里出发的

只是知道出发的村头有一棵老树

树下站着父老乡亲和那将要远行的孤单的自己

3

你还记得我身上的长衫吗？是粗布的

多少个月夜里的守望

你一丝丝织成了我一身布衣

只是啊我没有大笔如椽

也没有练成旷世的武技

画一幅绝世的江山或是一剑退万骑

虽然有流水潺潺抑或烟雨朦胧，和葱茏立

繁华行路两岸

我却仍吟不来文人骚客的安逸

只是在沙海一舟独行

4

杨柳绿，已是夏季，玉门关孤独地傲然

立于城外，

左手拈笛当音，右手长剑当歌，舞一曲苍苍涟漪

埋下思念的墓碑

等你与我重逢

再不见时，年年遥祭

李广射入虎石的硬箭仍猎猎

李陵希冀回家的道路仍寂寂

苏武的符节太孤独

理想与现实的距离仍太过遥远

5

离城很远

与沙漠的夜同眠，脚下的黄沙柔软

点起一堆篝火，燃红那一轮明月

行囊里储存的水已不多

只是还惦记去寻找那一只能相依相伴的骆驼

敲一下心灵的干涸

裂纹一圈圈漾开

执着原来是那么的脆弱

枕一岭贺兰残雪，解衫醉卧

6

风沙依旧

我一脚深一脚浅奔向绿洲

紧紧攥住手里仍在滴滴答答落下的细沙

这已是我仅存的希望

虽然被岁月打劫走了那么多时光

可我仍然没有变成识途老马

我没有培养出分辨是不是海市蜃楼的能力

希冀还在，哪怕是画饼充饥

7

酷热的风还是带我走出了越握越紧的迷茫

彩虹还是架起了桥

过天堑，驻足的天空雨还在下

洗刷脚上的沙和裤腿的尘

流进丛林，作为养料的一种滋养生长

生命的脉络越来越清晰

暗哑的嗓音也越来越低沉

高歌已于昨夜逝去，和沙漠的篝火一起

8

路过青海湖

我用最后的口粮喂食远在深处的银鱼

不再等天黑

不再等清冷的月

不再等历经了几世的情人

我还没有勇气舍弃这一世简陋的皮囊

以身为饲，喂养这片有山有水有热有冷的土地

我还有太多不舍太多留恋结成了太多的结

需要一一去解

待尘埃落定了无牵挂

再披一身轻纱为翼，裹紧自己

一步一步埋入湖水的澄碧

9

我奔向了高原

奔向以为能达到的终点

你可知高原缺氧

我何时才能到达你的身边？

一错再错，路途遥远

你就不怕我中途搁浅

虽说一直都在印证

我命理很硬

但那只是说我的脚步在风雨中兼程

我泪如雨下时

有谁的长袖能借我一用？

拥沙而眠不是我五行缺水

嘴唇干裂不是我生命无泉

我只是一直在奔跑，在向往你的路上

我的理想啊

就是不愿一日复一日的渐渐枯萎

10

行在路上

徒步的，骑行的，自驾的，组团的

都栉风沐雨

我把哈达系上山巅的石子

列阵抛向长空

做一面旗子，在蔚蓝里猎猎

迎着风雨，清冷凛冽

收获一身的淋漓，庇佑抑或失去

已经赤足多年，再不惦记棉鞋的温暖
心血锤炼的已鲜红，落地生根
为瘦弱的现实，撒满一路花开
长头仍要磕
祈祷，为尚未走远的追逐

等待

晨风起，暮帆开
间隔多少世代？
一天一月还是一年？
其实
只是一瞬，一眼已万年
杯易满茶易凉，不再续
是谁落一身风尘
苍凉了所有人的歌唱？

坚持

时间拉成细线
把目标一圈圈地绕缠
小火慢炖，熬煎
蒸发耐心，但希望越来越浓
橡皮筋的韧劲只要保持就不会断
可以继续跳
向前或者原地画圆，都是舞姿
终点皆可达

牵挂

能看在眼里也能记在心里
和距离没有关系，和时间也没有关系
哪怕是在眼前
面对面
仍然惦记
是不是劳累了一天又一天
是不是又忘记了一日三餐
思念，永不改变

自醒

揭开覆盖躯体和灵魂的面纱
在伤口或者浅陋上
自己给自己打补丁
沾沾自喜抑或低声喝骂
总有痛
能从梦中醒来就是幸事
人生是顽石，不可赌
只要握住钎子和锤子
自己一下一下雕琢
即可

温柔

吼，不是力量

而是忽略了情节

眼睛情波飘万里

穿透所有沉重

一切都变得轻松

争执不再纷纭，内心安

愿世间你我都有温柔相伴

善良

笑脸迎

胜似墨香书画卷

胜似清风扶屏扇

沉淀

熟悉陌生，他乡邻里，亲朋好友，五千年

淳朴温暖

礼貌

一张走遍所有道路的通行证
烙印着浮浮沉沉的人生
道阻且长
天光水影楼阁重重黑暗也可以灯火通明
是温柔但充满力量的云淡风轻

宽容

阔如海，容纳百川
涓涓细流汇成连绵博大
胸怀，可以放眼
天下
凶的恶的丑的美的对的错的
举手皆笑谈

诚信

山高路远
一诺可立
一信可达
不用站在山巅俯望或仰望
众生皆芸芸，白云皆苍狗
只需脚下厚实
远方不再远得失俱坦然

仗义

为何要血淋淋的两肋插刀？
为何要风霜雪雨大衣棉袄？
把力量用来切断臆想妄想病态和疯狂
不居危屋之下，巢安卵完
岂不更好？

暗黑

酝酿伸出一只手
紧扣能呼吸的咽喉
求的是无目击者的一击必杀
我害怕
是流言和阴谋躲起来的策划
身高马大
一定要把最后的耐受度击垮
然后
平步青云
你不能得罪他，否则
没有否则，只有黑暗

阻难

被不知名称不知来处不知何由的险阻
盯上了
在阴雨天
吓得汗流浃背，疑问
得多么坚韧的心智才能风云如此变幻？
人前一张脸，人后一副颜
撕咬得皮开肉绽

失败

重头再来的机会握在手中
安于一隅，热烈或者沉静
启航的时间是夜空
点点繁星作伴，
航行，路程遥远
汗水是生命的结晶
味道是咸的
泪水有经验，他们是一个味道

成功

和失败相随相伴，相辅相成
但可以挂在墙上
微笑着让人点评
只认可夸奖
别和成功谈失败了
失败属于记忆
眼前只有成功
成功在视线里被纵容
鲜光亮丽

生活或许的样子

凌晨点燃的炉火怯怯地软弱

风吹过院落，鸟声一带而过

四个季节，天还没有醒来

半个月亮还在西边的房顶挂着

脸色有些苍白，太阳已经急不可耐了

天应该还是个晴天，虽然晴得恍惚

虽然有梅雨要来，说不定是半雨半晴呢

该有荷锄的农夫牵着老牛从烟雨中经过了

村头的桥是桥水是水，牛背上不是牧童

是去城里打工的人遗落的珍珠

不会吹短笛，不会歌一曲

会擦去田间脸上的汗水，会抚平额头思念的皱纹

也该有脚手架继续攀爬了，从没有醒来的城市开始

看不到村头的桥，也看不到桥下的水

渐渐地也就不认识牛背上的珍珠

东山南山都已无人在采菊

西院北院也已无人在安居

人不是少了，候鸟

没有翅膀，偶尔还有鸟鸣的信息
归期何期，元日也无法期盼

好在有墨用锄可书，浓或淡
好在有书耕夫可读，深或浅
黑也就没有那么黑，远也就没有那么远
总会归
轻松抑或劳累，都一样，某一天
桥还是桥，水还是水

零下 20 摄氏度的北京和 2020

风，从屋顶路过
燕子已飞走一些时日
阳台上旧巢，猎猎地抖
冷或者不冷，都在这里守候归来

窗外已无翅膀飞过的痕迹
我依然爱着零下 20 摄氏度的北京
也爱过曲曲折折的 2020
只是还得做一种坦然的姿态
哪怕我的诸多思念
一夜之间，全部冰冻
裂开的伤痕，总会在下一个快要来临的春天
准备愈合，梦寻找归途，蹒跚而行

零下 20 摄氏度的北京和 2020
与谁分别皆是不经意，无法为这种不可预期命名
青花瓷供养的睡莲啊，还是那么倔强
累弯了腰也要挣扎
褪去的枝叶已埋于冻土深层，也不再记得有立于河边的传说
只有定格浓缩的绿色和生命

我的足迹离开，走过零下 20 摄氏度的北京和 2020

散落一地心事

沿着枯萎的芦苇荡，踩着早已铺就的大理石

慢慢长大的期待，希冀越来越浓

春节，在北京

道路，天空，都很干净
树林也很干净，声音归了巢
行人，车都很少
偶尔开过的公交车是空的

对面邻居没有贴春联
记得买房子时遇到的是一对老哥俩，河北的
他们没住过，出租，今年也没有见到租户
房子应该也空了

楼下邻居春联贴得早
二十九给他们打电话
说回了老家，归期没有定
房子也先空着

母亲一个人在老家
一年的盼望是空的
我在城市
一年的劳碌，也是空的

初二有霾初三有雪
想必，这都是年味
填满所有的空

楼下的灯终于亮了

楼下的房子没有灯光也没有声音

矗立一整个冬季

应该是不知谁奔波在回来居住的路上

抑或是谁一直在路上奔波，归程被阻隔

日子清冷且寂寞

这个房子的灯也羡慕其他房子的灯

因为它也需要生命的鲜活

期待着

期待着有一只手伸向一定是落满尘埃的开关

按下那一个可以连通明天的键

扫落黯然，光明就会逐步丰满，日子便活了

包围着的是其他房子的灯，在夜晚一直亮着

还好可以抱团取暖

但天黑还是要闭眼

心思才能和云朵一样柔软

日子也能照旧过

是一串钥匙的响声点燃的楼下的灯

在跃出窗户时格外激动
甚至还拍了一下偶尔经过的哈士奇的脑袋
真的像孩子一样的欢快
惊得沉睡的鸽子揉着眼睛醒来，咕咕咕地鸣
念叨了一个季节的牵挂终于可以放下
归来的是一个家，和灯光一起

农村的家在记忆里苏醒

1

我从农村走出来的记忆

在被喻为青纱帐的高粱玉米地里穿行

小路蜿蜒目光无法丈量

跬步，积沙成塔

折叠我的脆弱

一直在努力成长

2

最宽的马路只有六尺，泥土的

幸亏没有沸腾的发动机飞驰而过

还算安静

我可以从树荫中不慌张不匆忙地走过

阳光落下一地斑驳，生长成穿在女人身上的碎花裙

3

如绿色地毯的花生地刚醒来

就在太阳下扎上了白羊肚手巾

在苍老的手掌里拔节

成熟的味道很清新，晾晒收获

我刚好从身旁经过

4

我确实不认识那一朵紫中含白，黄色同生的花

好奇于她的多彩，不停地猜

是好吃的好用的还是好看的

经过的行人告诉我，很认真的

是现在的瓠子花，时光和以往不一样

好吃好用也好看

吃当主食用染手指看养眼睛

望着渐行渐远的背影

忽而发现，他是我的老师

初中时教我英语

只是他没有认出我

知识未老但人已蹉跎

我和岁月一起嗟叹

5

从村子外走进村子里

背后有阳光弥漫

已经没有人再能重叠我儿时的容颜

还有乳名

我只有悄悄地拉过啃着手指的孩童

用尽力气

还是没有拍碎记忆的尘封

寫得美花初放到西園
武

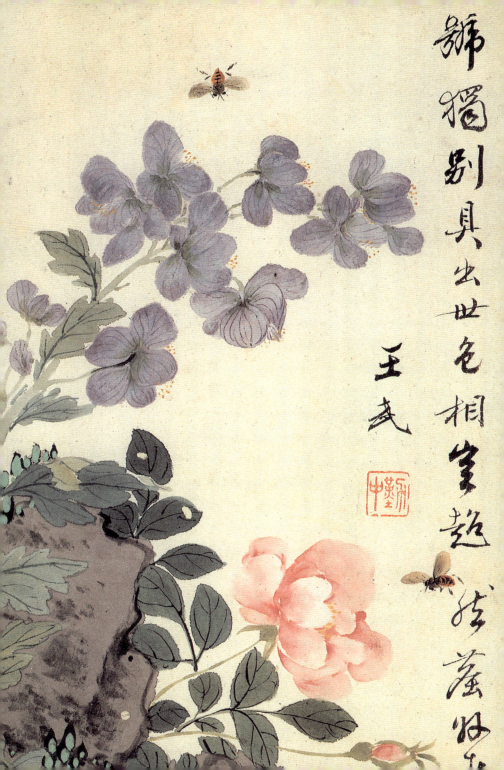

6

村子有了界碑

写上行行文字，记的是疆域还是历史？

那路怎么成了桥？

从一个村子走到下一个村子，距离依旧

只是有些路还是路有些路成了桥

独木桥

无人行，路无用

7

有一些家荒芜了，长满了野草

门上的锁有锈

很老

一个喘息就能脱落

目光，一把钝刀切透

丢失了全部色彩的年画

竟然有野鸡飞起

不对，那姿势还是家养的

8

篱笆墙上爬满藤，妖娆

驻足，与她们一一握手

听各类果实细语

这才是农家真正的自留地

只种在屋前和屋后

端着饭碗的女人从屋里走出

大声说

那是俺家的，不打药

哪个好随便摘，不要钱

成熟无人采撷

只等归来的人，何年何月

9

胡同口，还有老人守候

拄着拐杖，烟雨一直朦胧

白天是路标

晚上是路灯

流云无情，不知故里何方

10

蛙鸣在村外鸡唱在村里

一程接着一程

饭时，炊烟起

虽不热闹但清净

何方何时归来

总有怀抱以温暖饭菜以飨餐

11

柳树下，一池春水

日落云锦，燕寄书回

不管是不是荣归故里

年华泛黄时

我依然会回到这里

陪伴着父母

我也将在这里垂垂老矣，度余年

我以为的世界

我以为这个世界所有的路都会大道至简
万事万物都在自己的轨道
该公转公转该自转自转
性格独立又血脉相连

我以为这个世界所有的问候都会充满温暖
千语万言都只有一个出发点
关心着喜怒哀乐关心着季节更换
有阳光雨露又有雪冷霜寒

我以为这个世界所有的相遇都是真心
奔波努力都是为最后的面对
不管衣衫是寒酸还是华贵
终有两双手紧紧相握相牵

我以为这个世界所有的笑容都是真诚
展开的容颜没有疲倦
不管是老人还是少年
盛开的都和玫瑰花一样灿烂

我以为这个世界再没有算计
我以为这个世界再没有敌意
我以为这个世界再没有谎言
我以为这个世界再没有恶念
我以为这个世界再没有争执
我以为这个世界再没有偏见
我以为这个世界再没有冷漠
我以为这个世界再没有欺骗

我活在我以为的这个世界里
与他人无关

与坚强和解

云梯呐喊，喑哑了困守的呜咽
城墙太高，弥漫了固执的守望
河宽桥长，一路走来的风尘
群居不能握手言和的忧伤

沸腾的鲜血暖不热大刀长矛
矗立城头的大纛
飘扬着月色清冷，是强壮与强壮的碰撞
马嘶鸣，鼓手急催。大雨倾盆
淋透紧密力量的聚集，结果
定是血流成河，两败俱伤

都是英雄，惺惺相惜
都是生命，彼此珍重
攻击很长，散了吧
留下最后一束回家的力量

风萧萧兮，路终漫漫
待卸甲时
薄了西山日暮
凉了春秋硝烟
归处，山水田园碧海长天

蚁界

熙攘的巢穴
抛弃了所有单刀独行的英雄
米粒即是世界
秩序，应皆是排队而行

众生芸芸
低头忙碌捡拾聊以糊口的慰藉
推搡每一个面前的身影
或近或远，那么蛮横又那么冰冷

孪立的触角都是为了保护自己吗
不，也是为了伤它
有关的抑或无辜的
犁铧深耕，掩埋所有的阻碍

其实，阳光很温暖，风也很柔和
只是周围的相似体太多
行得以至于慌张
蚁与蚁为敌，蚁只能看到蚁

提线的大手和一只只更大的手
都在笑，木偶
能量可以尽情释放
红尘多诡谲，蚁届回首无风情

从嘈杂到安静，
给无处安放的中年找一个执着的理由

1

回首看路

忽然发觉这么多年一直都活在嘈杂中

吵的不仅是耳朵，还有眼睛

没有哪一个机会和时间让我真正审视内心的存在

都是匆忙和庸碌

顿悟，是自我的苏醒

2

追求生活，都是从偏僻落后到热闹繁华

实现了一个又一个目标之后

我仍没有找到一个能让人生丰富的理由

比如说，自由

3

在我有限的认知里，我知道群居的动物很多

比如狼群、鸟群、鱼群

当然还有鸡群、鸭群、羊群

我认为只有狼群是能彻底保持安静的

所以狼群最重要的作用是狩猎

其他声音很大的族群大多是被猎食的对象

仅仅因为嘈杂

4

家住在一条马路边

有一片树林与马路相隔

看着树林，也看着车来车往，无数行人

早出的，晚归的，清醒的，喝醉的，尽收眼底

里面也有我

5

我同样也摆不脱生命的枷锁，越不过生命的炼狱

但我必须得强迫自己去咀嚼那一粒糙米

练好牙口，好咀嚼生活

不然我会堕落

和很多人一样

我恨透了嘈杂，厌透了红尘

6

世间疾苦，都在诉说

你的，我的，他人的

黑的，白的，彩色的

有生命的，无生命的，半生半死的

能听的人在哪里？能认真听的人又在哪里？

世间疾苦，如果都在听，那将是疾苦中的无限幸福

细雨无声

7

孩子不认为我上过大学

所以我思索我上过的小学、初中、高中和军校

我也思索转业前和转业后的工作

思索一切过往，思索家乡

思索爹和娘，思索我的兄弟姐妹，思索我的孩子和爱人

8

饭，一定要认真做

好比生活，用心，柴米油盐才能真正调和

诗，一定要认真写

好比恋爱，用情，静下心来才能恒久隽永

9

与大山对话

山往往无语，但山会铭记

会在聆听一个又一个心声之后，依然矗立

与流水对话，流水的回答会很大声

可说完之后，流向哪里归于何处

再不确定，还有它的下一段里程

安静的力量，自始至终

10

安静的内涵就是能让人善良一些

再善良一些

与人为善，与己为善，与文字为善

11

安静成诗，山花烂漫时

岁月静美，人生安好

方向

看到或听到方位名词时
我脑海里一定会演示一遍具体的位置
我是个怕迷失方向的人
不管从哪里来，还是又要到哪里去

从小长大的村子
日出而作，日落而息
四周都是方向
我站立的地方被人们叫作中原大地
据中而居，我认识的东西南北不着痕迹

走出村子
我熟悉了一种说法，顺我手指方向看去
还有
辨树木的年轮，山川的明暗，河流的两岸
接着
看植被的疏密，积雪的薄厚，水雾的湿干
那些年
我离城市很远

来到城市后

楼高路宽

我丢失了所有辨识方向的手段

问我哪儿是东哪儿是西哪儿是北哪儿是南

我只能摇摇头，无言

我养成了另外一个习惯

脚步踏踏实实地趟

走得扎实，哪一个方向都不畏远

车行辚辚，左右即可

事故

我知道是我奔跑得太急
刹不住车，才是情绪
转弯或者掉头
左右全是鸣笛
刺耳了，穿透我自以为是的根基

不敢向前，不敢向后
还有孩子，背着书包在路上负重而行
这一条上学的路啊
我直直走过去
没有打方向，随波逐流
与那棵矗立的树亲密一起

同车合影
以分裂的方式，实现了第一次联络
我转身离去，在那一张可以记忆的保单上
留下涉及事故的签名

场

梳理格局，势力需要约定
平方米是一个可以忽略的概念
牢笼，藩篱抑或天空
现在的年老可以看到未来的年轻

习惯温暖或者冰冷
笑脸在每一扇门后僵硬
云淡风轻的忧伤，才是压弯腰的那根稻草
流年一路渐逝，华发早生

躲不起来，在日接一日的固化空间里呼吸
掌纹和年轮，裸露着成长
揭幕时的惊喜和落幕时的轻松，在于过程
味道，因为生存的欲望而悠长

位置

把心脏放在身前
面对你还是背对你？
面对你，给的是普通平凡
踏实温暖，简单呼吸长久悠远
背对你，给的是自由空间
寂静坦然，束缚不再是双臂环绕的圆

中间，是左和右的祈愿
事实是，无法面对时
左右，抑或中间
皆会在失去的路上渐行渐远

陀螺

一鞭山高路远一鞭海纳百川
魅影和着阳光一起跳起
便是彩虹在天边树立
是七彩的
用眼睛可以分辨层次和心底

抽打的力量不便说都是正向
一抬手的温柔或许就是终结哨响
看不到旋转是因为速度激情
留下的就是思绪里定格影像
没有骑马没有开车
依靠行走观看世事如花样美丽
分不清哪个是影子哪个是自己
坚硬无心
内外想来都是一样的质地

在快要枯萎时再抽一鞭吧
续上生命续上力量
再奔波一段里程
作为对存在的慰藉

看一眼浪花看一眼云朵

毕竟无论高或是低

都算曾经走过

履历表

摆放在桌面上等待修改的履历表
心虚，一眼一生
匆匆就走完，收获，赤裸得羞愧难当
并体无完肤

时间的鞭子，抽打经过的路程
尘土飞扬，尘埃满身
也把日光月光星光都挂在发际
白了头

人生有多负重就有多虚伪
就像被忘记的一段学习
我忐忑着要不要修改，忐忑着修改的意义何在
其实忽略也罢删除也罢，又与谁相关呢

红着脸与自己斗争，最后还是拿起铅笔
把漏掉的工作经历补齐，那些年
我只是一个职员，做着些零碎的活计

纸上的时间衔接排队已整齐

可以检阅了，也可进入档案袋封存
或重或轻，或远或近
翻页，都可埋葬

开学

天气预报，今天是个晴天
女儿开学，我打算
开车去送她，还计划洗车
把近几个月的尘垢都除去

早上起床时，看到有人打伞
我不信下雨了，虽然是期盼的春雨
贴近窗玻璃，才看到经过的雨滴
很细，被打湿翅膀的喜鹊在树林里走来走去

回头看时，女儿的脸上也在落雨
从昨天晚上接到老师电话
得知，给她调整班级的信息

偏头痛

额角的静脉脱了缰，拼命地跳动
锤打发际间的轻盈
我失去了把握的能力和倾诉的愿望
任由，时间沧桑

女儿说：偏头痛分两种
一种是硬件出了问题，一种是软件出了问题
硬件问题需要进修理厂，软件问题需要扛住精神煎熬
哪一种都不是靠一两片去痛片能解决的

我微笑着摇了摇头，扑打掉身上的几粒沙
是的，我是应该微笑的
无论是渐明事理的女儿、大病痊愈的妻子、白发苍苍的母亲
都是我应该微笑的理由

这样一种疼痛应该被忽视
最起码在坚持奔跑的时候
最起码在没有攒够被生活再啐一口勇气的时候
沉默下来，骨头就能被坚硬慢慢包容

花园

枯叶黄，新叶绿
竹子拔节起
亭柱长，亭角短
夕阳丈量急
水柱密，水珠浅
草儿齐聚集

春天花儿开
鸟儿飞来去

人闲适
跳绳，踢毽，舞蹈，打太极
爷爷，父母，孙子女，皆有乐
花园里枝繁叶茂

态度

我行走在生活的边缘
一脚深一脚浅
深的是水渊浅的是路面
在黑夜与黎明之间

我不愿采取匍匐的姿势
虽然低下头就能躲掉透肤的钢钎
我喜欢血与汗水浇灌出的花朵
喜欢那一份痛后的绚烂

走过后，也要收起自己的影子
路面收拾干净，方向努力辨清
打点行囊，路还远
险阻做舟，不轻易预测哪一站到达终点

木偶的思想不被允许

叹息和伤，在黑夜皲裂
我听到心事错位的声音
万物皆噤声了
余一缕月光，静视
越行越远的足迹

距离一直都存在
所以美也一直都存在
悬崖对望的两岸，思想不被允许
无桥可搭，传来谷底破碎的声音遥遥无期

无法渴望捡拾，每一段路程的自己
花香凋落时，一只呆滞的木偶
无问无语
只历人间烟火，经风雨

只是一段生活

戴着沉重的镣铐在黑暗中摸索
微风都是鞭子
抽碎每一次寄宿在远方的梦

向往绿草如茵的天空

总有声音会说：光明就在前方
早晚都会抵达
岁月会反对：葱茏的白发里已无可立足之地

耕耘也是拓荒
不是每一片处女地都可磋商
得季节有雨天上有晴
黑暗，只是一段生活
时间，有本领冲破枷锁

不打扰孤单

打扰别人的孤单或者寂寞是一件无聊的事
这个夏季风没能消除酷热
也未能抹除河流疼痛的痕迹
雨好大，漫过了心中坚硬的长堤

黑暗中可以闭眼
听，草地上传来割草机的轰鸣
蝉已经，无声了
我知道她是悲伤不已

开始流浪吧，沿着有花的路径
一个接着一个身影
拥挤在或晴朗或风雨的前程
在另外所有的眼睛里
我，茕茕孑立
时间一秒一秒敲击，你听
有青铜色的声音在空旷里任性飘摇

躁动，是身不由己

不安的河床纳入了河水的冲动
亦恐慌，亦艰难。犹豫浩浩汤汤
在每一个心绪不宁的日子里
才华一无是处且充满罪恶

夜晚的安静扮成自由落体
与无关的风拥抱，路过
大地没有激起的浪花，淹没目光
凌乱所有刻意的准备

在暴雨到来的那一刻
没有一把伞和一根横木可以当作救命稻草
希望漫过胸口之际
所有的祈祷都曾经一度无话可说

彩虹未出。萤火佝偻而行
存世的感情轰然坍塌
决裂。酸甜苦辣
起草另一个开端，擘画另一个选择

天空，应该有无计划的蓝

角落

习惯于读取夜色
读取眼睛里经过的星光
胆怯于回头寻望
寻望有多少丢失有多少获得

每一个角落都能开满悄然绽放的心事
用于静静疗伤
只向自己诉说
讲述或轻或重的过往

总要强调，所有心中分量的占比
荒凉了梦想繁华
坚硬一层一层老去
身躯开始佝偻

途经的路上，会伸出无数双手
前后都是力量。归于沉寂
淡定的总要淡定
踉跄的也会踉跄

假面

漂泊的路上，每一次风尘仆仆
都是一把刀雕刻的结果
岁月老去后，花香暗来
年轻失落，驻足即是解脱

不想让你注意我脸庞变化的过程
大多时候，我认不出别人的样子
大多时候，你也认不出我的样子
大多时候，我也认不出自己的样子

你想找我的时候
最好在充满阳光的天空下
那时，灵魂无声
纤毫毕露

阳光透过窗户照进屋子

我搬家了
新屋子里只有一盆绿萝
我把原来的花都留在了老屋子里
这样老屋子就不寂寞，我想

阳光透过窗户照进新屋子
落在绿萝些许泛黄的叶片上
从星期一开始
所有的都需要破除旧时光，重新成长

屋子明明晃晃
我在里面也明明晃晃
翻开旧书页的时候
文字和绿萝一样明明晃晃

酒

倒满后，人生袅如炊烟
秋风起，秋叶落
不醉红颜，不醉人间

举杯干。珠帘后，琵琶声咽
独坐世间，守寒秋
丝丝缕缕，梦起伏
来处，已消散

醉后，再不忆，诸般辉煌
灯火阑珊

画像

忙碌之间，乱花渐欲迷眼
幻想，一方偏安
脾气失去耐性
多余了曾经的坦然

方寸中间
宁静不曾走远
用不用徒步圣坛？
追求不再势利的天高云淡

回首，年华流逝
平平坦坦
满地落叶，一地枯黄
留下吧
还有心之角落里唯余的柔软

前行

在驻足的地方
还仍然没有看到升起的太阳
无法呼吸
思绪沉重得一如既往
车来车往中会不会压住前行的肩膀

指缝间如白驹过隙流淌的时光
掺杂了多少代智或者蠢的思想
无须辨忠奸善恶
只要你拥有渐行渐远的力量

平和经历
方能看清什么是虚伪什么是善良
方能记得每一个慌张且畏懦的模样
起风了
吹尽了沙
终会露出埋在泥土下的利来利往
和丑陋但冠冕堂皇的熙熙攘攘

诚实

实在与良知的结合

去和尔虞我诈碰撞

回回都遍体鳞伤

总是因为惯性地直来直往

一边舔舐创口自我疗伤

一边麻醉神经聊慰沧桑

再用

信任就不必解释

不信任又何必解释

筑起围墙

没有盾

何来抵挡

最终淹没于圆滑投来的标枪

忘记挣扎或不曾挣扎

血流成河

只在自己的体腔

仍需坚持

土壤知道哪一种品格才能茁壮成长

因而把诚恳的根扎得很深
既然保护不了地面上的栋梁
那就保证地下充足的营养
支撑着随时可以发芽
只待遍地开花

管理说

我一直都是想采取放养的方法的：

放养子女，放养日子

让人归人，让事归事

我还想放养天空，放养云朵，放养阳光，放养雨水

该有风就有风该下雨就下雨，该晴朗就晴朗该哭泣就哭泣

十年后

我起了念一句"天地不仁，以万物为刍狗；圣人不仁，以百姓为
刍狗"的冲动

敲一声木鱼，念一声"阿弥陀佛"

书桌上码起：《管理学》《人际关系学》

老板说：心硬起来，人才能硬起来

我附和：学着做学问

村庄

泥土和稻草做筋骨的院墙

已层层斑驳

门房酣睡一夜的猫和黄狗清晨仍没有醒来

在等待阳光温柔的抚摸

记忆是停滞的

村子里的土坯房是不做地基的

我家的也是一样

夯实的基础是一代又一代先辈的劳作

和岁月一年又一年的沉积

还有父亲请的叔叔和大伯

六人各自担负一个方向凝聚力量团结协作

拉起的石锤从空中抛过，优美滑落

土坯墙需要生长的土地便牢固而坚定

父亲们抽着卷烟

把土坯墙垒成了土坯房

一幢接着一幢

于是

就有了我儿时的村庄

有河有池塘有鸟有花香
还有太爷爷满脸的慈祥
但十八岁的那一年我还是忍不住打起行囊
忍不住离开村庄忍，不住要出去闯荡
离开村庄时没有满怀归来的念想

后来才知道没有村庄的漂泊路很长很长
高楼大厦和土坯房
一样的都是房子一样的遮风挡雨
只是土坯房却多了一种回家的期望
常常想，那里是我的村庄是我的家乡
住着我的爹娘

如今
村庄仍在
却成几近无人的城镇
我们却住在另一个叫作城镇的村庄

男人

那条积水成灾时急时缓的河常常无声呜咽

顺着越来越黝黑的脸颊悄然而落

溅起满地尘埃漂浮而无法捕捉

勒出了脊梁上深深浅浅的岁月

一颗烟燃尽棱角

灼疼了指尖淡淡的追逐

一杯酒醉透生活

丰满了远去梦想的角落

日子蹉跎背影也蹉跎

脚步踽踽独行

不独坐

观风雨如晦

不停歇

记奔奔波波

沿着乡间的小路听时光跳动的脉搏

麦子绿了，野草野蛮生长

用雨水和阳光一起浇灌

饮了一夜的酒从天黑到天明

早起的炊烟轻抚额角，没有睁开眼睛

肩上的行囊仍在

没有把印记写满行程之前尚不能长醉不复醒

一盆冰冷的凉水至顶而下

往往抱紧的只有孤独

仍需继续远行

带齐口粮就出发

不管路是远在天边还是近在眼前

不问途是坎坎坷坷还是咫尺天涯

农夫

我想做个农夫

和太阳一起

太阳让我睡我就睡

太阳让我起我就起

但醒着时我会和太阳谈判

所有的时间都是我的

我想写一首诗

我想画一幅画

他都必须得同意

谈判的结果就是

我拥有所有的自由

但是我也必须属于土地

晚睡晨起

我必须在土地上耕作

春种大豆

夏种高粱

都埋进一垄垄一畦畦土壤里

我想做个农夫

和月亮一起

月亮让我走我就走

月亮让我停我就停

但停下时我会和月亮谈判

我想吃一顿饭

我想喝一次酒

她都必须得同意

我拥有所有的自由

但是我也必须属于土地

天明天黑

我必须磨快镰刀装好锄头，准备好每一件农具

松土施肥

割麦收稻

都放进一间间一方方的屋子里

我想做一个农夫

和四季一起

该旅行时旅行

该种地时种地

即使有时间也不再谈判

省下来时间数数牛羊数数星星

很开心

秋收冬藏

原来我拥有春华秋实和整个天空

肩上有了厚实的老茧

但我不计较没有人发现

包括我自己

我只管和岁月一起时光作舟沿路而行

撒下一路种子

年年生根发芽

以诗为镜

埋了久久的种子总想发芽

披甲执戈，铁马梦入冰河

可否度过玉门关

带着冰霜，冻结了南飞的阵雁

边塞荒凉牧马五千年，读尽六朝狼烟

繁华文字一点一点沉淀

方听到，挽起的硬弓鸣镝暗哑

是北风呼啸，是雪月萧条

累酸了研墨的素手纤纤

李广射出的长箭

谁去捡，风沙欲迷眼

只有暗修栈道，曲尚可谱

沉睡于长城外流浪在古道边

诗三千，可有哪一行与我有关

白发青丝，长空当剑

书不下茅屋秋风蜀道青天

匹夫有志，大道亦有三千

谁能诗书天下，画一幅万里江山

鹳雀楼仍在呼唤，登高的楼梯狭窄
谁与谁肩并肩，擂鼓击馨
浪扼飞舟亦飞渡两岸青山
白鹭衔轻烟，破云霄溅起花儿点点
宣纸柔，香墨热
看谁大笔如椽，书尽世间容颜

呼吸无言，我在诗面前冥想
诗海无涯，回首亦无岸

春日

经历一整个冬季的蛰伏

温暖才破土而出

桃花红了梨花白了

存了一树缤纷落英

燕子衔来风

轻抚

摇动

泥土的心变得柔软多情

催促着季节酝酿春耕

从窗外经过的身影

披了绿色脱了厚重

载满绿了榆钱白了槐花的守望

行色匆匆

树林茂盛

走廊里传来柳絮的敲门声

记忆中她是后来者

小时候爬到高处看云听风

从不曾遇见她在空中舞动

总以为蒲公英才是没有翅膀也能飞的生命

所以肆无忌惮地收取柳絮杨花
于是连呼吸都有了炎症
以前的春天我们都负责踏青撒欢
现在的春天我们只负责对接夏冬

太阳跃出拨开云层
春日开始一节一节触摸天空
夜色不再延续霓虹
无论如何总又到季节
雨不再寒风不再凌冽

起雾了

谁的一支烟
朦胧了远和近，缥缈了黛山
十里桃花林啊，挽住走来的春天
步履轻缓

画笔蘸饱鸟儿的鸣叫，渲染画板
季节的脉络，一层一层清晰
七个仙女啊，挎起拈花篮
也需到凡间，穿针引线
绣一幅山水长卷
绝世容颜，惊飞花儿一片一片

大圣说：娘子啊，戴上面纱
春来了，莫扰人世清修
非是青纱帐，勿入罗帏
只适宜：不谈风月，浊酒一杯

三月

晓风吹皱了云和月
风筝填满天空，一线牵来的玉兰花深情款款
这是第一批迎接春天的花朵啊
不辜负等待了一个冬天

丝丝缕缕的小草冒出了头
在仍是大片枯黄的簇拥下
掀开羞涩的容颜
别践踏，生命都很脆弱

春天很短，转眼就是夏
孩子啊，你们就尽情涂鸦
填满这世间所有的落寞，心酸和不甘
只余欢笑，一树繁华

牡丹亭的春天

牡丹亭已荒废千年
牡丹亭里已没有牡丹
牡丹亭的春天周而复始
判官说：茫茫红尘，自有纲常
花神说：我为你保留肉身，待你归来
杜丽娘说：春，不在柳边就在梅边

迎春花迎来春之头，玉兰花梯次开着
腊梅沉吟，俯瞰冰雪悄悄地闭眼
其实，我们都知道，还有一场雪正在赶来的路上
迎着春，等待盛大的开放

牡丹亭边的柳终于在一个阳光灿烂的日子
挥动了时间的锄，翻种久别的思念
可牡丹大抵已离得远了，牡丹亭里已无牡丹
但牡丹亭上，桃花夭夭

寻花

梅花瘦了之后
我沿着山坡往上走寻觅桃花
无暇顾及天色已晚
一只羊，在我身后

穿过草坪的时候
一定要注意躲避打开的喷泉
濡湿的衣衫会有倒春寒
两个人的话可以手牵着手

遇见了玉兰花，和去年一样早早盛开
树下已有几片铺陈，大约是要唤醒青绿
迎春花很瘦弱，轻轻摇曳
秀发与风一起温柔

海棠果依然挂着，冬季经过时就是这样
喜鹊步伐优雅
鸣叫声底蕴扎实
判断出日子应该是和和美美

天空中风筝争艳

忽然记起，又是一年三月三

我记得那时，有父亲掌舵

风筝可以飞得更稳更高

可以俯瞰，花儿开得更繁更艳

我清晰地记得

桃花就在迎春花后，梨花也在

待春日盛了，自是桃红梨白

花儿的力量都在厚厚的积累之中

早起的花儿抵御寒冷更多

早起的花儿不需绿叶衬托

早起的花儿命理坚强洒脱

我悄悄地对身后的羊说

晚雨

雨一过天就晴
路灯皆亮着
雕刻得枝丫花团锦簇
星辰大海中，满地花香

桃花缤纷，天空吻痕粉红
春天在颤抖呢
初见时泪流满面
拥抱热烈清冷

我伸开双手，听手掌存留的噼啪雨声
纹路上，花朵竞相开放
春雨贵如油啊，范叔应安好
人间春色尚早，多多珍重

一树海棠

记忆为海，花零落成舟
驶过云天，烟火丛丛
岁月洒脱，阳光如刀高举
削透春风朵朵

据说：往往是梨花压海棠
其实：海棠有花有果四季不落
春季花重重，冬季果亦多
夏到秋，是从青涩到嫣红

幽静时听海棠：热烈在寂寞最深处
原本执着，何谈孤独？
白首骢马使，抛却利与名
怎又不留恋这丰盛的人世间

梧桐花开

黑夜没有黑色的眼睛，点数漫天的星星
注视花朵，悄悄地开
拂晓清风，抚过
紫色氤氲，春一抹盛放的容颜

我只是过客，从画卷落寞曾经
水墨染黑泛白，发际或额头
满手烟火，辽阔世间
浅唱或低吟

去花留骨，丝线穿透唯余的骨骼
不落红尘
成一世轻拈的佛珠
挂在脖项间，做自己心中的佛

花开花落
经得起沉沉浮浮
撑开油纸伞，入画
再修一世芳华

春色

樱花开遍依桃李

桃李缤纷偎玉兰

玉兰，木兰科

白色为主，红粉兼顾。佳人可独立

杨柳身旁观梧桐

梧桐树下赏牡丹

牡丹，毛茛科

粉的、红的、白的、紫的。国色亦天香

丁香花后沙滩暖

鸳鸯长睡不愿醒

花香，袭人而来

高举轻放，柔柔地撩拨

一眼温柔

可确定：春天到后

世间，花开满园

谷雨

春的身影已渐行渐远
萍生鸠鸣戴胜开屏
水荡漾枝沉浮涟漪拍击岸和树干
看到夏喧闹着来了

谷雨有雨风亦语
是聚集力量汇齐汗水
等待需要
浇灌睡了一个冬季还没有完全醒来的土地

因为这个春天的闲适
楼下的林间已经被踏出小径
随着脚步一直蜿蜒
前面欢跳的小狗和后面跟随的娃儿都喜笑颜开
小道成了绿色树林远看白色的围脖
春天过后也已经摘不掉去不了更收不进衣橱
这是一整个春天的标记

牵着爱人和孩子的手
上山采茶

回家后把山泉烧开烫出火热的夏

祈祷仓颉

护佑有仓有粮五谷丰登无病无伤人间太平

五月赋

如果没有乌云，天空应该繁星点点
如果没有离别，此刻亦能把酒言欢
撑开一支篙，奔赴孤舟和蓑衣
凌晨四点，有暮春的风初夏的雨
有黎明前的黑暗和静谧
四百八十寺，楼台朦胧中清晰

江南，有已长大的采莲少女
理理发髻，系系头帕
渔歌轻唱，天下拂晓
阳光终是要穿透罅隙：醒来，世间万物温柔

絮儿飞

风吹蓝了天空，吹落一地翅膀
天空映蓝了风，映蓝匆忙地奔走
絮儿飞
和一季苍翠结伴而行

我从冬天走来
拍打掉身上的落雪
遗失一个人的孤单，在寒冷的尽头
春天的温柔
抚白少年头

端午（三行组诗）

屈子

那一跃的失望和长叹在水底潜行了五千年

始终再不曾回首看一眼芈姓是否历尽沧桑

唯余《楚辞》《离骚》《九歌》和《天问》漂泊人间

龙舟

带着风尘从历史深处走来铭刻春秋

惦记着鼓手的号角舵手的速度百舟争流

水花如狼烟遏长空祭屈子垂眉稽首

粽子

我与你结一世情缘诉一世衷肠

是箬叶还是芦苇包裹着不屈的灵魂执着于汨罗

啖而饱腹再不问人间烟火

纸鸢

你的五彩斑斓一定有五月天空的蔚蓝相伴

一线牵心与心在两端距离从不曾远

有清风千年相思是否同船渡皆不问江水潺潺

艾草

集一束幸福虔诚地和您一起挂在窗户日日守望

搬来小板凳和书香让文字轻轻歌唱

叹屈子岁月有殇楚王无情途漫漫路远且长

香囊

红的丝线绿的丝线黄的丝线蓝的丝线我都系在腰间

勿论年轻的年老的漂亮的丑陋的所有容颜

此一生我都与你相伴

风筝和鸟儿

槐花转眼就落尽了
叶子向天空生长
云朵很亲切
染白时间的间隙，染白风筝和鸟儿

鸟儿有着无拘无束的大胆
它和风筝不一样
一种飞翔是依靠自己的翅膀
一种飞翔是依靠牵线的力量
鸟儿在天空上方，风筝在天空下方

温柔相望，乘风起
眼里的天是一线天。静默站立端正行走
在白天或者黑夜，放歌
皆自由

夏花

滋养一朵玫瑰
开在心灵之上
风雨和阳光
和思念一起成长

种下一朵思念
系在翅膀之上
云雾和山岚
和天涯一起飞翔

遥远的遥远是他乡
期待的期待是梦想
夏花要盛大开放
在距离的两端，生而绚烂

听初夏夜雨芭蕉

院落深

无法用脚步丈量入口到心灵的距离

芭蕉绿

边关杨柳岸，触手可及

摇曳谁的身影

一世又一世长河画卷风姿绰约

浓睡不愿醒

残酒难消

轻忽间已丢失万重妖娆

朦胧了岁月醉绿了拂晓

清唱的人儿在时光隧道

是谁的歌喉唤醒环肥燕瘦红尘嚣嚣

指尖温柔

反弹了红妆素裳

琵琶声声

清凉了夜雨芭蕉

我从敲打中醒来

和雨同行

赏芭蕉

遗落世间的尘埃书香茶韵的呢喃

煮沸一壶夏天

根和花儿

噼噼啪啪的雨砸下来
盛开的茉莉花温柔承接
黎明冲破黑暗的勇气里
天空是水洗的蓝，彩虹平和生动

馨香是在深夜里安静蔓延的
从繁密间走出，在清新里起舞
我也是一朵花儿站立的枝丫
指节一度的攀长过后
皱纹丛生

在花儿努力向上的时候
根是向下生长的
在命理相连之间
血浓于水

麦子熟了

家乡的邻居带来消息

麦子已熟透了这个夏季

其实我惭愧

因为我早已忘记

麦子何时成熟的命理

在城市里匆忙

荒芜了风吹麦浪月照金黄的记忆

那时节麦子熟了

我们早已磨快了镰刀储存了力气

提前挥汗如雨

压实名字叫作打麦场的土地

为收获陆续进场做好嫁衣

那时节麦子熟了

我们唱着歌儿开始收割

父母在前面躬身而行我在中间捆扎生活

还有妹妹在后面举着毛巾洒落火热

喊来麦穗一起笑语欢歌

那时节麦子熟了
父亲拉着装满的车子，母亲推着
让我和妹妹在车顶压垛
从早起的晨光开始到傍晚的霞光结束
书写的是一个季节的劳作

那时节麦子熟了
集合后都赶到打麦场等待
在识途老马或家中黄牛的带领下和石磙碰撞
剥落麦芒和麦衣，随风起舞
纯净后再走进家里的老屋与我们同舟共渡

那时节麦子熟了
我们会数着繁星守望银河
猜想月宫里嫦娥是不是也睡在打麦场
数一数万家灯火，记一记几家忧愁几家欢乐
还有玉兔，是否在继续捣药听取蛙声祥和

那时节麦子熟了
我可以抓一把麦穗揉搓
吹起外壳留下仁果
轻轻咀嚼
满足而快乐

这时间麦子再熟了
我只能听着燕子和布谷鸟的诉说
跨越千里寄托思念
轻轻回味
清香亦苦涩

画鸟

从墨色中冲出
羽翼，破了长空
扎进夏的悸动，惊皱一池柳翠
鸣得清亮，唤出荷角峥嵘

巡视了目光所及的时空
飞得急了，同行的白鹭丢失踪影
为谁羁绊，爱恋还是青天？
还是无人告知春江水已暖？

等待些时日
红的绿的花儿会成为新的左邻右舍
心细体轻，别让尘埃朦胧了眼睛
不悲春秋不念过往
守候，重启下一段生命旅程

画堂前，杏梁仍在
夏季多雨
要记得，大雨滂沱时
归来躲避

秋雨

只是一场雨，不暴，但缠绵
夏就戛然而止，秋就姗姗而来
都是岁月
随手临摹的山水画

不觉已是夜晚，闪电开始明亮
灼疼了眼睑，闭上眼，雷声
遥遥传来
是酷热的不甘离去
抑或是寒凉的宣示主权

树影飘摇，还有淡泊宁静的女子
站立窗前，遥望，不知何时
落叶泛黄
雨夜已苍茫

缩在角落的猫儿揉皱了
窗外的雨窗内的灯光
秋来了，拉紧要盖上的棉被
是很多年前妈妈从家乡寄来的挂念

努力着，踮起脚尖
还是望不到，尚未走远的天涯
沧桑已满面
视线和秋雨一起滂沱

只是一场雨，不暴，但缠绵
落在了中秋前
雁南飞。许多年，山高路远
都不曾为家乡捎去，秋季是好是坏的消息

听，落叶

林中或者树下，坐听
从起点到终点的梵音，闭目
打开心，点点落秋，晕染生命的脉络
没有一片纹理相同，没有一种轨迹相似

伸开双手，用捕捉的姿势静待
风拍云朵，韵律层层铺开，节奏同一个调子
海浪、流云，在季节的拐角喝彩
为对根的情思，为对土地的眷恋

历尽繁华，看透了生与死
却看不透红尘羁绊，零落成泥
期待下一个春天，护住根，再次发芽
人间烟火，依然袅袅娜娜

望秋

秋天，以季节的名义来临的时候
大地就满了
我在遥远的田垄上捡拾遗落的大豆高粱
捡拾一碗冬季的口粮

昨天清风经过晾晒了一整个夏季的老屋时
我开始收拾衣物，也刮刮胡须
抿一口金黄之后，准备一点一点地咀嚼
本着节约粮食的态度，冬眠

在我狭隘的世界里，一直认为
夏季和冬季一样很长
夏季心出去流浪了
冬季我就坐在夜色里等待一份久盼的归来

如今，快是秋天了
我伸出的手，抚摸微微夜凉
落叶泛黄后，世事那样沧桑
秋，明天就来了

深秋初雪

绿色飘摇的天空
一片白，潇潇而落
在落叶黄色的路上穿行
那一朵红，依墙而立

生命里的执着
以纷纷扬扬的姿态重逢
探视一抹灵性的律动
在最不易相遇的日子里握手言和

以一场雪，作为自己的终结
留下一个名字，秋
用有始有终的记忆
作为启航，铺垫下一场爱

凌晨，期待一场雪

繁星去了云层背后，不再
眨着眼睛窥探人间，忙碌还是闲适
阳光也在屋后，努力挣扎
酝酿一跃而出穿透厚重束缚的力量

雪一定是在赶来的路上
积累到三九的路程，放开了绿灯
可以一路直行，抵达
山林尽染冰河梳妆的童话

邻家儿啼唤醒沉睡的腊梅
粘着露珠醒来
涂抹枝头，俏丽冬季的色彩
数着日子，待万物生长

我们期待一场雪吧
覆盖热情、奔放、萌生和悸动
有雪包容，黑夜才有黑色的眼睛
拂晓前行，天终会亮

现在的寂静不再是孤单的象征
前方，是鲜花盛开的天空
就在纷纷扬扬的一瞬间
就在即将到来的这个春天

雪夜

雪簌簌而下，一片白，映亮黑暗
树林，寂静了萧条
从外而归，选择步行，把所有脚印留在冬天
铭刻一段完整的记忆

风瑟瑟而过，一阵寒，冰冻思念
路途，始终未曾走远
掌不住舵，踟蹰，航程是哪个方向
出发即可，彼岸都是终点

与夜面对，一粒又一粒雪花落在眼睑
还有世界，雪花和世界好重
压迫归来的路再直不起腰，睁不开眼
沧桑，似水流年

园博园的银杏树

由酷热到寒意，凉得好快
挽留着心中一团火，回首凝望
已是满地秋
黄色的不仅是落叶，还有银杏果
和行人，掬起一捧寂寥

铺陈大道已经几个轮回
拔节，生长，结果，凋落
相依相伴，无问春华秋实夏雨冬雪
都是从一株苗一担水开始

红墙绿瓦已斑驳，岁月匆匆
唯有守候不可负，从扎下根的那一刻起程
伫立，洒落音符叮咚
和路尽头的泉水一起，缠绵
一个又一个季节

据说，园博园的银杏树
八百棵，伴随大道三千米

刺玫

是谁在和你约会盛开了一个春季
在迎来送往中回味，不忍枯萎
内心从不软弱，刺还是那样的坚硬，
扎得抚摸生生地疼
还有绿叶在招手，留恋曾经
那一滴露珠的晶莹
绰约了从根到花的前世今生

已经好久没有春雨浇灌，只有夏风
灼热，烫的路过行人脚步匆匆
还能驻足吗，那只懒惰的蜜蜂
采完最后的葱茏再走
留下蝴蝶扇动翅膀在成熟中攀登
虽然禁不住凋零，如果有热血
当然有，划破手指就是生命

有鸟儿唱，算是布谷声声
总结经历，还有
从花儿再次到种子的涅槃
期待下一个春天，如约盛开
花儿依然还会是那样红

初学小提琴

如果没有规划
所有理想都是对人生讲的谎话
小提琴的旅程，是音符作桥
手指上的老茧，跨海渡洋的飘零

选择正青春年华
其实选择后，也就没有了错失的心痛

慢慢长大
种下了四根弦的希望
守着就好，不念发芽还是开花

古风街

古风是一种风
不是只有古衫古裙才是小姐姐
所以和古无关

吹来了春秋长礼
披衣是峨冠博带长裙落地
所以和古也有关

一条街，从南到北从东到西
除了口音
全是唐汉

一粒迷路的尘埃

一片月，一片雪
用力劈开，蜿蜒到远方的漂泊
落地无声，听力丢失了耳朵

都说行走的路上有风景
春夏秋冬
附着上哪一个季节
收获抑或蹉跎

站立的姿势是一种守望
目光很长，长到无法丈量
希望会打湿翅膀
谁的泪，长发飞扬

愿望是想要飞一次的风华绝代
出发的哨声哑了
缆绳飘荡，都是结
已不需惊世的绝唱

所有的方向

包括东西南北

天上的，地下的，空中的

始终都在，只是我成了一粒迷路的尘埃

雨中

行于雨中我不喜撑伞
只是喜欢小雨轻柔大雨畅酣
袅娜一缕细烟，由飘扬聚成银线
杨柳青青，灵魂摇着橹歌声舒缓

匆忙都躲了起来，和喧嚣一样
清净了小道大路独木桥
以至于整个公园，或许是整个世界
太拥挤了
理论上也该疏散一下这浮躁的一天天

我只是行走，缓慢地行走
拉着雨的手
不去打扰繁茂的树，俏立的花
没有长发可随风飘扬，有淋漓
沿着脸颊奔向脚底

我走得轻柔
不踏破脚下一滴水珠
也没有挽起裤管

我知道一定还有呼啸而过的车和行人
溅落我一身泥泞
所以，小心翼翼

和雨一起
习惯于脚下的热和头顶的凉相会中和
填满曲谱里该有的每一个音符
一路行一路歌，挽着痛惜和爱恋
在这苍茫的人世间，流浪

架子车

小时候
常常在晚饭后，铺一张硬席
躺在家里的架子车上
数门口和天上的星星
听着池塘的喧闹和来来往往的人
认一认哪一个是流落世间的萤火

我是兄妹几个中最不安分的
总是放学后把书包放下拉起架子车
做一头拉磨的牛
积累我上学的时光

一垛的麦子都装在了车上
我十二岁的年龄扛不动
一整个夏季的重量
勒出了我肩膀上每一顿学习的口粮
流的汗懂得了获取知识的路程
和拉起架子车一模一样

蝉鸣已经喊了好久让我回乡

如今，八百公里也是山高路长
家里已盖起了新房
架子车也奠基了围墙

城市里的窗户透进夕阳
是我汗如雨下倚着架子车
等着妈妈
下出的一碗飘着葱花的面香

跌落

从荒芜处出发，抵达星空下之后
我没有刻意抵御书香的诱惑
我固执地认为，某一天
我还是会跌落进文字的包围
被一个一个的闪烁
束缚着挣扎和偶尔惊喜
和春之夜一样，些许清冷
只是不那么生硬

点燃起如豆蜡烛
尝试与星辰大海争辉
在烟雾弥漫中呼吸
泼墨如雨，濡透黑的白
待太阳出来
我应该走在充满阳光的路上，晾干白的黑

岁月

行者多慌张

心中还有人脑中还有事眼中还有活

丢失的过往不讲道理啊

无暇过问，剩余的时光还能涂画几道年轮

谁说大肚能容天下之事

岁月如此刻薄

几人大腹便便

卧佛

烟雨半山，氤氲佛的睡姿

枕边，盛开一朵白莲

绽放我双手合十的虔诚

红尘柔软，不再羁绊年轻的路过

古钟沉寂，呼唤行走于天地的辽阔

旅人啊，眼角蕴蓄的那滴泪

如星滑落

悲悯，在空谷中久久回响

苍茫，一望无际

丢失过往

树木葱茏的时候
林中的青石板路一直向前延伸
两侧间或花儿和草
我知道，它们一定是奔向你所在的地方
乡村或者城市
自从我得到你的消息开始

我打点行囊，准备离家出走
不和邻居打招呼
不告诉亲人和朋友
当然，也不告诉你
我很兴奋，我独自上路，我站在青石板路的路口

残棋还在。总有几个白发苍苍的老人
把棋局摆在青石板路旁稠密树荫下
楚河汉界，横平竖直
我是个下不好残棋的人
他们一直这样说

我翻找记忆

找昨天的喋喋不休和轻声慢语

找出发的依据

遍寻无果。回到封面后

蓦然发现，我的头像已变黑

你没有给我说，你只是从我生命里路过啊

我蹲在残棋前，开始认真学习

尽头有炊烟升起

太阳出来了，照得我睁不开眼

我听到了远方河流的声音，流淌

平静且舒缓

我丢失了过往

倦鸟

累了，是给自己找的在碧蓝的湖水边歇息的理由
翅膀已躲进黑暗
没有哪一声哨音能够领航
树林和晴空都在沼泽中沉沦

在千锤百炼的时光里
让黄昏在夕阳下渐渐走远
用还有些力量的喙
雕刻山涧的石子再晶莹一些
飞过的路程把记忆填满
没有哪一段往事存储足迹
遥望遗落的每一次振翅而飞的孤单

青草青，蓝天蓝
在归林的路上，谁又在弯弓搭箭？
万千星光如雨，清嗓牧放伯牙与子期
最后一声歌唱
大雨倾盆时作一叶扁舟
载着躯体和灵魂，寄托山高水长

梦想

石块，乱草，枯枝
都拦在路上
打破了寂静中遥远的风铃声
这个梦不好，翻转身再做一个

帆靠岸，系住启航
羁绊手脚在河流里潜行
向往远方。七巧板的颜色
在蔚蓝里澄明

掉以轻心的时刻或者迷失航向的路途
梦想会沉沦且找寻不到蛛丝马迹的原罪
窒息，因张大嘴巴呼吸
涓涓细流因慌乱而澎湃

其实，雾如轻纱，梦想可以接续和传承
勿论血与烟火
仗剑时，天涯如画
青丝华发形销骨立皆伟岸

走失的影子

阳光，淹没渐趋瘦弱的凌霄花
缠缠绵绵，雨淅淅沥沥
一曲二泉映月，砸破经久的琴弦
这恼人的半晴半雨，总是让人在启航时迷失

每一缕寻找都是可怜的挣扎和祈祷
行程只是世间的一抹影子
穷尽力量，想
拓印山河的颜色
影子如我，也总会在人来人往中风干

期待些什么都是奢侈
发黄的老屋，陈旧的衣衫
走过的路，满脸的褶皱
有了念想之后，每朵花的结局
如朝阳盛开夕阳飘散

牵着手走了，影子匆匆忙忙
我也匆匆忙忙
其实，我一直都有成为一个影子的觉悟
只是，在一个大雨滂沱的夜晚走失

此事，与爱情无关

一棵树

我时刻紧张地关注着她以一棵幼苗的形态破土而出后在丛林里沉浮
一叶一世界，草或大树一朵阴影的遮盖会阻挡所有的光和热量
一瞬一年华，露或雨水一天的短暂离别会造就嘴唇沙漠般皲裂
成长，柔弱的经历生命无限延伸的过程

风雨如晦，凋零或者茁壮枯萎或者茂盛都一样需要精心的照料
听到拔节的声音和看到褪落的羽毛孕育新的章节
风经过的天空，满心欢喜泪如雨下
还有久久不愿移足，眼睛在泥土里扎下深深的根

我开始学着高尔基观察海燕一样凝视着发芽的小树
和一个老父亲一样喋喋不休又沉默不语
只是一种守候。烦恼和担忧
日出和日落，每一天和每一年

我固执地认为一棵树从出生到十八年之后
被定义为成年毫无意义
我也固执地认为十年树木百年树人这句话有失偏颇争论毫无意义
尤其是这棵树长出了高高低低的血肉
尤其是这棵树围绕了曲曲弯弯的阅历

我静静倾听一棵树从无到有
繁华轻快的细语低落的哭泣
荒芜孤独的寂寞嶙峋的默立
春季到冬季，轮回

我终于在冬季一个充满阳光万木萧条的午后顿悟
陪一棵树成长，一生太短
我不想再留下愿望
担心时光尽头，一棵树因思念消瘦

绿萝

左手拎着椅子右手端着铁盆
顶着一头惺忪睡眼
走的路不远，从厨房到客厅
给遗忘在书柜顶端的绿萝浇水

平时书在视线中，绿萝不在
绿萝比书站得高
平时也只翻书不翻绿萝
书柜也只放新书不放绿萝

绿萝不挑理
绿萝生命力强
绿萝生长不需要阳光
绿萝给点水就能从枯萎复活

我往往一次性把水喂足
最少可以过十天半月
我听到绿萝咕嘟咕嘟喝水的声音
和我在老家饮水时一样的急迫

这两盆绿萝是我从老家人手里买回的
他告诉我，浇水不要太多
见干见湿，好养不金贵
我忘记了嘱托

我决定从明天开始
从高处取下绿萝
摘掉黄叶擦去灰尘剪剪余枝
过平常的生活

守候

天空飘起雪花
期待了很久的相遇
一点点打湿脸颊
青春与时间共白头

种植在冬季的阳光
雨露和一丝柔和的风
深沉的培育节日喜庆
抚慰温柔的伤口流落离别

埋进泥土里早春的芳香
会像白玉兰一样开放
春天又要到了
迎春花和我，笑脸相迎

生日歌

妻子的又一个生日快到了，还有两天
2020 年那个生日她在手术台上
重新来过，2021 年她开始第一个生日
算来，2022 年她应该是第二个生日

一岁一荣华，生长是向上的趋势
我想着要为她买一束花，朵朵都要盛开
我想着要为她买一颗巧克力，只要一颗留作纪念
苦后有芳香和甘甜

最想的，应该是要为她做一碗手擀面
撒点绿莹莹的葱花，卧两颗白净净的荷包蛋
端到金灿灿的阳光下，我托着脸颊
看她轻啜慢饮。我把胡须刮干净，炊烟温婉柔和

明年，我们一定提前订下车票
我们回老家。家乡的水
家乡的云，和面而下
我们一起决定：不饮酒，不沉醉

坏情绪

咖啡淡了
书放在一边
墨香不再浓
檀香点燃的那一刻，静谧蔓延

如果岁月能在黑暗里放声大哭
我们就有理由相信
这纷扰的世间
争吵会少一些，责难会少一些，坏情绪也会少一些

当暴雨快要来临的时刻
我们就关上灯吧
让所有的语言都躲起来
等待与月光升起的日子握手言和

到那时我们就能听到
月光如水潺潺流淌的声音

超市

老板娘的身影刻透了时空
从早上的第一声鸟鸣开始
到灯火通明的夜空
拖曳的白天很长很长

我记忆里她很年轻
但不是对谁都有笑容
和门口的丁香花一样
在不经意间一朵一朵地绽放

我大多是从超市门口穿行
红墙大院不是每个人都可以畅通
经过需要通行证
那时，我是骑自行车一族，车后带着孩子的读书声

她时常会站在门前丁香树下
偶尔嗑着瓜子
偶尔端着红酒
会笑着问孩子：来一杯不

后来，有一天忽然发现
超市和老板娘人去楼空
是大院不再允许外来人经营？
还是要治理穿墙打洞？
猜不透，只留下她的身影宛若眼中

高度

远山远了，夜晚
前行中骨骼长成黑色
高度依然不适合攀爬
但适合仰望
适合叹而观止
适合验证年华易老
适合穿越苍茫沉思

我猜测：山顶的东侧是日出
山顶的西侧是日落，阳光路过山顶时
当是漫天春雪来临
漫天桃李芳菲

如此平凡

一个非常强烈的念头诱惑着我
做一个打算：
在接下来所写诗句里加入强硬词语
像硬汉一样猖狂，像傻子一样嚣张

每一句：
都充满裘马轻狂
都具有矛戟戈枪
都书写悲壮苍凉
都落下怆砺粗犷

是你吗？我发自内心地问
哪儿来的胆量，让你如此肆无忌惮的流氓？
一声吆喝之后，束缚和捆绑
你该还是像个农夫一样，躬耕而沧桑

泪流长江，在起点和源头，举手投降
我双膝着地，十指连心
弹一曲命运猜想
贝多芬的目光里充满悲伤

花儿枯萎了，为何还留存月光？
明天是个晴天，还要让该观赏的继续观赏
拉一曲二胡吧
阿炳说，我在二泉映月等你

阿炳啊，我不想留你
千万别信我，能给你做些什么
那都是醉话，你都信了？
随风而逝吧，听任世间一切繁华

生而为人，原本如此平凡
一抔黄土，终将烟消云散
黄粱有梦，不信你听
雁群在古道上窃窃私语的声音

那时岁月

悠悠江湖远，何处是归程
那时轻狂，一杯酒，仰面干了
一段路，醉生梦死
终将醒来，躲不过世间过往

雁飞回，春何在？
孤客最先知
渺渺江南僧
听不到大音绕梁

何苦要诉说？
一程有一程的注解
一季有一季的思想
忧来看明月，天空万里辽阔

关于一个女孩的记忆

乡下田园的小女孩
坐在乡下田园小屋的窗台上
双手抱膝
看星空仍然还在燃烧的灯光

路好长呵
望不到尽头，绿色或者枯黄
夜好黑呵
还没有看到妈妈，被露水打湿的归程

据说，城市里有高楼大厦
城市里的女孩都是穿花裙子，翩翩起舞
妈妈说，城市里的星星都在头顶，像梦
存在可就是摸不着够不到

小女孩伸出手抓一把夜色的清凉
里面有妈妈的味道
不信，你把它贴在额头
田园里的星星，就会像妈妈的眼睛
一眨一眨地释放光明

我坐在城市里的窗台下
合上书本，窗外灯火绚烂
窗外有深深的夜空
窗外有建筑工地无声的轰鸣

诉与听

约着相遇
对于我一个不擅奔跑的人
路远了
毕竟，我是坐着火车过来的

从东北到豫东，算起来一千多公里
大约是直线
下车落脚的那一刻
我迷失于霓虹，迷失于公园
更迷失于你一路跌跌撞撞的遇见

台阶很硬，硌疼了火与冰
天真，是长大的过程
弹飞指间的烟
迈出脚步时，留一声叹息

我左手有五指
三指讨生活，两指端酒杯
一杯与你干了，一杯与自己释怀
最后一杯：敬此生

我的右手呢?

想紧紧拥抱你。

只求一刻：芳华不老

红尘复红尘，夫复何求知与遇?

打铁者

老铁匠还是老姿势
蹲坐在门槛上
一只手抱膝盖，一只手扶旱烟
注视远方，夕阳晃晃悠悠的迷眼

二妮也出嫁了，就在春分那天
茅草棚沉寂了下来
炉火开始冷却，在挥汗如雨的日子里
锻造的二妮黝黑如铁

敲打是对生活的救赎
叮叮当当是救赎的梵音
三妮没有接手二妮的传承
三妮去了城里，读书或者打工

该想起大妮了，大妮也在远方
大妮没有找寻回家的路
从火炉溅出火花
灼疼大妮的脸颊开始

长长的一口烟飘了好久好久
老铁匠拔出深陷黄昏中的身影
长长的一声叹息，吐出浊气
老铁匠想：结束的日子到了

谁还没有几个坚硬如铁的梦想呢？
铁有时候也会如梦想柔软
转过身，摇摇头
老铁匠封存了铁与火的记忆

从那一天开始
老铁匠佝偻的目光日益衰老

一段时光

数没数过你走过的步伐？
直达的或迂回的，通透的或弯曲的
从梦想的身旁经过，也从万物沧桑经过
锻造记忆，把岁月一层层地剥落

大家都说
走过的路每一步都作数
春华秋实或者秋凉冬薄
几点油墨，在节点处更容易脱落
大多也是因为过客更多

从始点到尽头
脚印是清晰的
不管有没有人数过
沉淀下来，风尘都在斑驳中铭刻
因你来过，旅程风情万种

夜晚的行程

道路从远方而来
车影寥寥，听不到风声和鸟鸣
这是寂静吗？
不经意间揭开了孤独沉寂多年的头纱

在讨论诗人的顾影自怜时
我彷徨四顾
旷野无人，悄然编织的坚硬外壳
早已在尘埃中无声迷失

满天的星星没有几簇亮着
今夜无灯，黑暗漫长而悠远
谁又能抓住几束光，在冰雪入怀时
战胜对世间的惶恐和困惑

日渐零落的青春
在进入夜晚的那一刻起，心事已无处可藏
无须论述坚强，可以听到骨骼裂开的痛楚
却也可以听到芝麻拔节的追逐

桑葚

天空没有留下成熟的身姿
风儿从枝头经过，轻轻拂落
一地果实
我张开手掌，承接刹那时光

桑葚树长大后，果实青涩时献给天空
可餐时献给大地
我还是忍不住拈起一颗，放进嘴里
荒芜亦孤独，缓慢流经我儿时的记忆

这棵树从小时就离开了树林，也离开了庭院
选择了山脚下，坚硬的生长
不高也不低，不枯也不茂
但，果实颇丰

每一年，我都想收集一些
送给远方的姐姐，让她在江南酿酒
每一年她都期待，我们找一个夜晚
在家乡或者江南，坐下来
围一炉烟火，轻语浅言

聊一聊冷冷暖暖

只是后来，桑葚满地时
姐姐杳无音信

相信

我相信冬季清清冷冷的阳光是温暖的
可以袖起手眯起眼
晒晒脸颊
让这一张面孔褶皱后少些晦暗和苦涩

我相信落在寂寂寥寥老屋前的雪是纯洁的
可以抓一把放进嘴里
润润嗓子
让经久沉默的无言无语多些丝滑和底蕴

我更加相信世间万千事物是美好的
甚至可以闭上眼睛回味
寂寞之后
呷摸出带着温度的可怜和高尚

我的相信还有很多
比如一朵花一枝丫一里路一庭月一杯酒一个人
不说事，事原本就谈不上相信
也谈不上伤口，只是血流的持久皮肤略显苍白

囚徒

牵牛花已经爬了好几个季节
好在夏天终是来了，开始郁郁葱葱
也能掩盖住疲惫的叹息
斑斑驳驳都可以躲在葳蕤背后喘口气歇歇脚

那位耄耋的老人颤抖着手
在牵牛花骨骼间敲下铁钉并挂上风铃
有风吹，可以轻轻地响
不扰人世清修不扰世间繁华

隔壁，潺潺溪水流出经年日久的巍峨
那么远那么近
老了岁月白了头发
遗落一路背影，依次沉寂或落寞

我也有一间屋子
住在牵牛花下溪水旁边
不去寻找，请不要发现
可以点燃一颗烟，飘散心事和时间

地下室

眼睛从时钟飘忽声音中醒来
我已经知道该起床了
耳边持久嗡唱的蚊子仍然没有离场
翻开朋友圈
刘年已经骑着摩托车
一个人，在路上
外面一定是短暂的夜幕和初升的晨曦交融的明亮

适应了黑暗后需要等待多久才能适应阳光
是一件没有底气的事
记事本经历很多个雨天散发湿霉的味道
其实，它一直空空如也
我在地下室里设置了风扇
在茶几和书桌之间
吹动书页沙沙作响后
看到了大片的树林在向我招手
郁郁葱葱，春天长成了夏天

只是，我习惯了地下室的静谧
最少是孤单

赏蜘蛛结网，织一席经纬甚或忧伤
不再惊诧于缺氧的鱼奋力攀爬的模样

命运交响曲余音冉冉
对影是两人。想和李白谈谈
大多时候，一个人还是适合饮酒
的确不适合煮茶
醉且醉了，何求清白
一半清醒，足矣。不知对否？

迷梦

蜷缩在午夜的梦里不愿醒来
游鱼和鲲鹏，庄周和蝴蝶
随缘去流连
握住心绪脉络，各自有各自的沉醉

总能听到傍晚的杜鹃和清晨的喜鹊
也总能听到天空的云仲夏的雨
可今年却没有听到相识的蝉唱
梧桐已苍老，槐花零落成泥

眼睛已不能作为物证
天葬台边鹰鹫早已排队等候
待我敞开胸怀
它们会依次雕琢，除去我一身尘埃

留下清白的骨
支撑尚能坚强的脊梁
与群山一起，与高原一起，与人间一起
奠基理想与苍茫

超时

这个如火的夏季我多么蠢蠢欲动的心，变了
开始喜欢深居简出，开始喜欢不问世事
所以晚上，当购完入场券到达影院门口被检查时才发现
核酸四天，超过规定几小时。我终于还是失去了进场的资格

我开始被询问：
叫什么名字怎么来的哪儿买的票
回答完后我一点都不担心我自己
甚至，没有在意购票钱是否能退回

我开始担心
门口的保安和小店的老板
影院的经理和一些擦肩而过的人
还有那个一直对我微笑的孩子

走进夜里，我听到传来的一声"叮铃"
我的手机界面也出现新的信息
"核酸一天"
心放下了，我不再担心谁我开始担心我自己

这个世界啊
我从没有招惹过谁
因为我不敢
所以也失去了纠缠的勇气

秦皇古道

山石的辙痕深可见骨，六尺，与车辐同宽
累累之伤，流淌了千年，硝烟未散
东天门，西通秦晋；马嘶鸣，汗水涔涔
关山难越，谁与谁又曾握手言和

刀枪剑戟，浮光掠影，寂寞是英雄
千里行军，昼夜兼程，行色皆匆匆
路长远，容不下埋锅做饭
风萧萧，满一杯仰面而干
哪一刻能回首，遥念炊烟
哪一刻能放下，家乡故园
征袍已旧，甲衣已冷
归来时，秦皇尸骨未寒

所幸，尚能看到
燕草如丝，秦桑绿枝
所幸，尚能看到
山居新茶，围炉夜话

所幸，现在佝偻身子负石上山的挑夫可以歇歇脚了
所幸，现在低头俯首雕琢纹理的匠人可以缓缓神了
用山泉洗洗手濯濯足吧
凭栏眺，观一观人间沧桑

第三辑

*

时光·童话

牵挂的样子

山河的尽头雾霭遮挡了渔火
我双手捧起那盏红灯笼和你明亮的眼睛
在秋风萧瑟里等待归来的乡音
你是我十万年前走失的情人，我循着你留下的声音一路找寻
那处断崖矗立，我听到海浪一如当初的哭泣

我失去你已经很久了，也失去了你柔软的细语
画卷上仍然是春风十里，却没有桃花朵朵
你的身影还在我身后，泪水涟涟，在你走出家门的那一天
余给我的是十万年的孤单

心碎完后，我们转世重生，再次熟悉又再次陌生
秦淮河上，箫声黯然
放开手，也放开灵魂的羁绊，在人间，我缓慢地飘荡
我多么期待，在你记忆恢复的那一刻，能认出我
那时，春风该是多么的浩荡啊
天空该是多么的辽阔
你又该是多么的明媚
我能再听到深情软语，该是有怎样的欢喜啊

我决定，在你归来的渡口，等待千年

所有美好

我和我那只多年前失散的蝴蝶在相遇的屋檐下深沉静默
我们都已寻找了好久，只是在这个夜晚来临的时候才重逢
一路的足迹，一步一步重叠的身影，旅程已是无限生动

天要下雨了，我们无声的默契，决定不再继续行走
我非常珍惜这来之不易的雨，纵然天空中没有一颗星星
我终于可以留下我们的漂泊，留下你长发的风情和你眼睛中的风景
在你披上我为你裁缝的思念时，我看到炊烟袅袅飘满人间
打开门，原来世间是这样的美好

我虔诚地祈祷，保留着心中潺潺的流水和金黄的梯田
我们可以播种了，种下你喜欢的日子，种下你喜欢的口粮
连着心愿一起，安静的成长

愿世间所有美好的事物继续保持着美好
愿世间所有优美的风景继续保持着优美
在以后的岁月里，你还要继续保持你原有的美丽和纯真

思之歌

画板上色彩零落

窗外有桥有云朵

等待的身影还在与我相聚的路上奔走

我望眼欲穿，抓一把细雨绵绵

在寂静的夜里，听一叶扁舟轻轻划过水波

爱人说

你一定要有足够的耐心

等待，金色秋天丰饶冬天的信息

那绿色的春天也会姗姗而来

到时，你就能再次

剥开土地的外衣

在阳光下晾晒，然后播种大豆高粱

安静是这么容易被打破

夜半秋凉的那样安静，虫儿寂声
我听到楼上的爬山虎开始零落地呻吟
经脉咯咯地响，从根部到头顶
与一望无际的风一同慢慢厚重

我沉寂于这种缓缓流动的思绪
沉寂于渐渐老去的年龄
沉寂于特别单纯的夜空
沉寂于一份亦近亦远的感情

晚归的人终究还是要从远方归来
驱赶着发动机颤抖的心灵匆匆闯入
涟漪阵阵，忘记了不敢高声语
这么容易就打破了原生的安静

路都赶得这么急
又何时才能得安静？
若不是等待我那未归的爱人
在这喧嚣中我也会沉沉睡去
除了呼吸，不再发出任何声音

向左向右

我不该如此的思念你
不该沉迷于微微的风淡淡的云和你的笑容
深藏于心海的蓝辽阔无边
那拂过脸颊的长发扎下了深深的根

李夫人笼罩的轻纱在朦胧中婆娑即可
我伸出手去把握遥不可及的怜惜
在消失或者不见的日子里
我独觅一朵深邃的幽伤和黯然的陨落

因一夜未睡
眼睛里明亮闪闪烁烁
风吹的烛火摇曳，不愿凋零的心事
寄托起很久以前的承诺

我准备选一个鲜花盛开的季节与你相拥
或者离你而去，向左向右
让一滴雨来替我做出选择
但秋风落在眼睑上的时候
我决定不会泪如雨下

深秋早上的阳光

我已经观察很久了
阳光从打开的窗户进来的时候都是早上
秋风让凉意轻飘飘地落下
落在绿枝头和红花蕊

我惦记着银杏树金黄的叶和果实
曾经贫穷的日子我以她为食
丰满我对生活艰苦的想象
所以，我曾大言不惭地说：秋季的恋爱过后，我再无所求

对于打破宁静的月色
我选择无声拥抱
天空的重量融合了思念也开始温柔起来
一直在想，我该点燃一颗烟了
深深地把年轮吸进身体
融化或者湮灭

在深秋早上的阳光照到脸上的时候
我把头颅埋进泥土，呼吸埋在两膝之间
多数的不记得也没那么重要了，哪怕今天是他的生日
遗忘或者摒弃，掩盖住即将发生的大雪满天的苍白

孤独记

用热烈的沙粒埋葬了我吧
脱水、风干，存留世间
让沙漠的生灵们在我的骨骼上舞蹈
以我剩余的血脉喂养，湿润他们干裂的嘴唇

成为标本之后，记得别把我挂在墙上
我不值得后来的行者参观欣赏
或许是我想多了
谁又曾有精力和时间留心一个人的落荒

我祈祷：也别把我放进相框
压成平面，那得多疼啊！
我已无力跳跃一道道坎
我躺下了，躺在肩并肩来时的沙堆上

我没有影子，从内而外的火
燃尽晨时的黑暗和黄昏的孤独
星月泛起的光，悲悯生命的磷火

还是有希望冲破一无所有的枷锁

但我还该再为你捡拾些什么呢？
远方，已一片荒芜

微风

夜色辽阔。秋深处的凉越过窗棂
与你并肩而立，路越来越远了
有灯光掠过银河
睡着的和未睡的梦，都沉沉浮浮

我听到了你胸口沉淀的箫声
我内心的渴望也正在持剑赶来
修剪成花，在你身体里夜夜盛开
我做好了和你一起沉醉的准备

江南的花香在长途奔波之后也终于到来了
我开始希望，看你翩翩起舞的样子
素手和旗袍
在我合起的书本里烙印下属于你的味道

轻轻打开微闭的门和孤单的痛楚
我决定要和你一起流浪
犹豫太久了，微风里的白月光已开始荒凉
我在迷离的灯光下收拾行囊
乘着夜色，翻身上马

归程

我有些着急了
归程那么远，你动身得那么慢
你可知道夜晚的路有多么难
所有的阳光都沉沦为黑暗

幽深的山面前，你听不到呼唤
很久以前栽下的路灯
已不能照亮拉长的身影
你数数，经历了多少个秋天？

岸都隐身于没有星星的海边
月光远离之后
浪花拍击的是我胸膛的脆弱啊
等待，一点一点垒起我思念的悬崖

我不喜你午夜归来
只因，那一杯酒
生起我无法释怀的担忧
只因，明天我们还有很远的路要走

天空的记忆

众生平等。庶民和上苍我都需仰望
朱漆大门紧闭，我站在天空的正中央
四周为山，承载了人间所有的重量
若如泰山，有些也的确若如鸿毛

我忘记了周遭皆是菩萨，忘记了双手合十
也忘记了独行的流云
南海的眼睛中容满悲伤
世间苍生，可曾记得化风为雨的匆忙

稻香从远方而来，旅人也从远方而来
天空热闹起来。壁立千仞
我苍老成一幅画，在古老的树荫旁
我闭起眼睛，万物葱茏

给我一方蔚蓝可好
在拥挤的天空里，我习惯于孤独
但我更习惯于，在缕缕温柔的烟火中拥你入怀
那时，天空会留下洁白的云彩

秋天，不要悲伤

你看，你停留的广场上
音乐照样在播放，舞蹈照样在连绵
每个人的脸上都笑容荡漾
月光还是像往常一样不惊波澜

为什么要悲伤呢？
为了已经离开或者将要离开的人？
为了失去的云或者消隐的星辰？
为了再见或者不再见的爱情？

眼泪是多么的晶莹
抬起头来时万物神态安静
我们应该微笑的啊
当所有拥有都不再继续的时候
你就拥有了红透的枫叶，金黄的秋风和那个干净的自己
那该是多么美好的事情啊
卸下红尘，心事轻盈

将要到来的忧思

时节到了，天终还是起雾了
我忽然想起远方也该是落叶缤纷
我们应该感谢为我们守候了整个夏季的白桦林、山川和河流
还有草原，家乡的云朵和风
其实我们一直沐浴在爱的怀抱里

我始终对一些旧事物恋恋不舍
远山连绵的钟声，高僧夜半的诵经，寂寥悠远的木鱼
尤其是离开时身后的旧院子，以及陈满老屋的旧书
根骨的深处，都与年龄有关

我很担忧，当记忆需要推翻重建的时候能不能忍住痛
那些需要淹没的泛黄时日如何得以存续
所以，我一直很焦虑
脆弱的脊梁里传承下来的血脉也会渐渐走失
我只能有一些很微小的惦记
惦记着那一绳的秋风，落进池塘
惦记着未洗的衣服无法晾晒
惦记着那收割后的田垄，骨骼坚硬
惦记着回家的路仍是缥缈无踪

行走无声

很久以前，那个在荒漠里走失的人
心遗落在爱的遗址
所有对绿色的渴望和对遥远的期待零落成泥
仅存的力量用作蹒跚而行

头顶炸开的雷声，和飞驰而过的曾经一样
留下裂痕，留下颤栗，留下即将干涸的汗水和泪水
夕阳，在流经心脉之后隐没
沉寂于悲伤鲜艳的殷红

在红花绿叶和金秋泛黄的季节
我一点点失忆
于大雪纷飞的某一天，静止下来
熄灭胸腔烟火，放下心中执念
搓搓手，呵一口气，鼓起胆量
拜托一个能记得我一些美好的人
把我埋葬在这深深的人世间
多年之后，成为一把尘埃
沉沦或者飘散

对于天空的一些欢喜和悲伤

我欢喜你静静站立在我面前
我贴紧你的腹部，头颅深埋进你双手的宽广
我们可以听到时间流淌的声音，可以听到骨骼不再奔波的安详
对于尘世，我们耳朵失聪

你得经历了多少片荒芜的时光啊，把腹部锤炼的那样细密
我知道了，你一直以来的坚强，只是也发现
你把一部分坚强留给了自己，一部分坚强留给了过往
余下的皆为柔软，留给了将要所遇的美好和沧桑

坚强的颜色是和山石一样黝黑，在深夜里低头不语
我和你一起吧，汇合汹涌的大海、奔腾的江河、辽阔的草原
和一束在边地盛开的鲜花
聚集在呼啸而过的人间，欣赏大于彷徨

因而，我想拥抱着你和你所有经历过的黑暗、失落、忧郁和艰难
其实，无论在哪一个季节，我们都可以期待一些阳光
可以分享温暖和心事，当然也可以分享孤独，
或者，把疲惫和行囊轻轻放下，我们对坐，我们碰杯
饮一壶酒，留下一些欢喜，饮下一些悲伤

乌托邦

我在天国流浪，作为饥民
捧着祈祷和渴望
那些风华，那些仙长
事实上与我无关
我只是关心他们赏赐人间的柴米和油盐

朱紫之袍，当怜世间寒
繁华是你们的，温饱是我们的
长街十里，可以撒下些种子和春风
我们便可以满眼姹紫嫣红

理想已经放在祭台
捡拾些火焰，添得红烛燃烧得更旺
我看到了逃狱的冉·阿让，我看到了市长马德兰
沙威，你来吧，你来维持信仰
然后，咱们促膝长谈

一些告白

夜色在两侧山巅静下来时
月弯如镰刀，同时肤色开始溢出金黄
我行走在熟悉的甬道，山腰树林保持着观望姿态
她早早就认出了我，并因为喜悦而颤栗
一线天空，压迫着我语言空间，我开始有些担心
担心在未走出狭窄的思绪时失语

我们都对在道路尽头相遇充满期待
也都对将要迎来的曙光充满期待
所以，我们紧紧握住生命奔跑的力量
以时间为薪，点燃喷薄的火焰
在抵达风吹过的温柔之后，开启星辰大海

我挥汗如雨的努力着，压榨着落羽换来的最后积蓄
还是要与你对视，还是要忆起初见
在多少次经过之后，这一次，我决定不再绕开
终究我还是要翻过那道坡
然后，才是与你并肩

我决定在这座山上，搭起一间茅屋，引来山上泉水

圈起篱笆，种上鲜花，养活一点风骨

在你围上围裙的时候，我翻开书

东望撷朝阳，西望掬晚霞

中间，修行出一些雪月和风花

时光拐角

老屋下，靠墙而坐，一些春泥，一些秋霜，还有一些阳光
照在眼睑，握住一些斑驳
墙的一面楔入久远年轮
追思我离家出走那年的一树落花

院子的时间缓慢流淌
我的后背紧紧依偎青砖苍茫
用我仅有的目光抚慰曾经绚烂满满的石榴树、石榴花、石榴叶
这些，都给母亲带去了亲切思念

我已经不敢让目光越过院子、越过屋梁、越过流经门前的河流和
车鸣
河流年久失修，无水再经年；人流改弦易辙，车鸣已落荒
我倒是记得父亲的叮嘱：回家时，记得屋里的灯笼
我想：该不该像小时候一样，挑灯而行

站起身来，颤抖也好，缓慢也好
总可以点数一间一间老房子的时光
父亲在，母亲也在，我在，妹妹也在
只是往昔成忆，贪恋的少年而行已不在

转过拐角，仍可以相信

时光深入，还是有幽幽绿草，有呦呦鹿鸣

有童真烂漫，有言笑晏晏

还会有我不急不徐行在人间

当初，见或者不见

一袭红妆疏淡与隐现，卷了西风，瘦了秋月，落了黄叶
与我视线在燃烛后重逢，沉湎一手盈握的丰腴
谜一样的晚霞，种下流经窗外的夜色
举杯，与你对饮

夕阳归去后，才是华灯初上
偶遇的箫声，长长短短，你指间身姿萦绕
不忆江南，只是纷扰繁琐了寂然
此刻居北方，即将大雪满天

我放下酒杯，你卸下红装，围炉夜话
换酒为茶，我不再念勘破红尘的那领袈裟
你也可散开发髻，青丝环绕
十指轻拈，偎竹箫，慰流年

光阴，是一条长河的成长
短蒿渐长，沉浮或者跌宕
当初，你从江南而来，见或者不见，有雨，终要张伞
当初，我在北方草原，见或者不见，等候，终要缠绵

遇见

与黑夜对视始终不能解决长久以来思念问题
我也始终不能像一尾游鱼逆流而上或者顺流而下
你守候天空尽头尚可遥望
山河依稀清晰，烟火飘飘荡荡

还是有一种确幸
裸身之后来到人间面目模糊以至于所有胸怀遗失殆尽
但，凭借风骨和匆忙赶路的风姿
我们仍能相认
我依旧在奔走，你依旧在等待

断桥两端，还是杨柳岸
那场浩大的春风并未消散
有月，有光，有火焰
还有我们相约的长亭，着墨我终将到来的抵达

你可以端坐梳妆台前，理红妆
线走青烟，绣一帘星空灿烂
罗帏清纱，掩卷我远航的策马扬鞭
人间事了，我许你红尘浊酒一世清欢

与夜晚对话

我们还是都不能失去自己
思念一直都存在于夜晚之中
身体的渴望也一直都空空如也
流水声在万物生长的情绪里格外清晰

你收集了白天的光做了眼睛，白天的花做了装点
从月亮升起开始，我们度过的每一个时辰都不能轻易放过
每一个细节都要热烈，每一个表达都要丰满
每一种姿态都要绽放的灵动奔放

我为你准备了一杯烈酒
可以小酌，可以畅饮，也可以燃烧，当然更可以为下一个夜晚储藏
但我的确是喜欢醉在你深沉的包容之中，还有不许与外人见的狂野
我的那份心性也是逐渐深陷其中，爱了就是爱了

因我而在，你广袤的大地上就有了温柔的对话
因你而在，我一个人的流浪就不再有可耻的孤单

童话

我在繁华落尽的树林里站立的时候
以为躲避了所有的野蛮
看人群都行的那么匆匆又那么有力量
我缓缓地放下心中所有远行或者冬眠的执念
从我身边经过的孩子，是一个人
他悄悄地给我说了一些不容置疑的秘密
马车、宝石和彩虹。当然，还有自由
都在他穿戴的冬季的兜帽里隐藏了悸动
一场大雪就要来了
我有足够的理由相信一个孩子的信仰
明天，在万物安静之后
世间，一片洁白

你的抵达

我下定决心不辜负这个季节与你的相遇
你在那么汹涌的人海中，奔我而来
一定是寻找了很久
路上尘埃隐没在你的目光中，世间灯火明亮而温暖

你背负了千山万水，背负了梅雨江南
前额的头发露珠层层叠叠
这一次落脚田间，传递过来你单薄而执着的勇敢
种种繁华，皆为返璞归真

我双手捧起，多年风霜过后唯一留存的一朵火焰
来吧，你来点燃，点燃路途尽头的孤单
一边是江海，一边是天涯
远处，落霞孤鹜，牵着月光升起

在你抵达我打开的柴扉时，第一次，我对你如此熟悉
你看，山水环绕，烟火丰满
你看，绿竹幽径，青萝拂衣
你看，夜雨春韭，新炊黄粱
你可当窗理云鬓，你可对镜贴花黄
你可在阳光下撑伞，你可在梧桐下避雨
你亦可在我心里，深深耕种下山河与人间

夜半昙花开

风力升到蓝色之后，温度骤降
一树一树的秋，一叶一叶落尽
衣衫还单薄，没有留下时间去有条不紊地更换
暮色不欢而散，无意于延伸到门外的金黄

屋里的灯亮着，手机屏幕上的地图亮着
我关注着思念的红线和时间
备好一杯茶，等待一声盛开的呼唤
为不合时宜的寒冷，一束白月光的奔波

这样的冬季，天空也一定有漂泊的云、流浪的心和追逐的理想
还会有一个美好的梦，被束缚在翅膀里缓缓生长
奋力前行之后，等待春暖花开
彼岸，有你的样子

我拨快了时间之钟，和我急促的脚步，寻觅准备出发的契机
你平铺的辗转，分外妖娆过后，空谷寂寂
夜晚深处，不要惊醒将会盛开的昙花
务必要白如落雪，务必要无声抵达，务必要照亮幽谷

花蕊呈现的时刻，我们小心翼翼地握个手

赞美或者叹息，为倏忽而来的潮起，为倏忽远去的潮落

有光诞生，洁白格外丰满

窗外花溪流落，美好无法驻足。我闭门思过

清晨

天亮了以后，太阳还是出来了
阳光照耀着一个城市的屋顶
一只鸟儿抖着翅膀
落在窗外可以立足的地方，环顾四周

道路这么安静了吗？树林这么安静了吗？
落叶静悄悄的？风儿静悄悄的？
哦，早起的炊烟缓缓升起
红红的柿子还灿烂的挂在天空下的枝头
那孤勇的样子，令人馋涎欲滴

冬天来了，世间忽然人迹罕至
他们都隐藏到冬衣深处
但我们没有听到危机爱情的消息
原本良日苦短，不该如此冷漠

你侧耳倾听：远方呼啸而过的流云
山涧舞之蹈之的清泉，她们在细语
我们呢？我们也不应捂着眼睛不看世间
倘若一切平淡，我们更应该格外珍惜，我们更应该小心呵护
我们与人间的这份遇见

起舞

风太大，一群将要起飞的候鸟被吹乱队形
它们还是有足够的耐心在天空下等待遥远的消息
有些落叶，打着滚乘风而行，没有翅膀啊
断线风筝，刹那芳华的追逐

南方有雨，北方有雪
天各一方
跨越千里的梦可以做
红烛，轻纱，薄雾覆面
繁华的季节
他们给予了彼此温暖和爱护，宽容和谅解
夏绿秋黄，幕开幕合，
关山难越，岁月怎能悄无声息地走过？
一曲落，万里潮生明月

我和兔子

我不是猎人，不举猎枪，不设陷阱
我已经习惯你用发红的眼睛热切看着我
你知道我不可能开枪
用我仅剩的一颗子弹穿透你的身体
最后一颗子弹我是有打算的
打算让它呼啸而过，长途跋涉去点燃夕阳
然后拉长我的影子，与篱笆重合

我还是陷在了西风里
担心你竖起来的耳朵被草原和流沙蛊惑
听不到我给你带来的早晨和朝阳的消息
草原在枯黄里已经瘦弱，流沙开始单薄
你与它们握手言和吧
在各自的城堡安好，或许明年不再见

我要抓紧时间把篱笆扎得牢靠一些
最好像一座房子
铺上一张床和月光，准备足够的青草
煮一壶雪，就可以万事无忧
冬季来时，我们也不再离家出走

光的力量

你脸上的娴静能照亮我生命里每一个黑暗的角落
包括荒凉，忧伤，孤寂和落寞
因温暖而卸甲，可以举臂挥手，面向阳光生长
让山青水绿，让林木茂盛，让生命葱茏

夜晚最深处，有全力以赴疗伤的季节
落雨与孤独，内生悲伤只有长久的自愈，坚硬因磨砺而柔软
一只手向左，一只手向右
两只手在黎明时相遇，便有了从清晨开始的光

渴望光是很久以前就有的念头，只是一直隐藏在鸟鸣中
并没有随着月圆月缺而失望，也没有随着星星时多时少而湮灭
光始终是有的，和潮汐远道而来，以抵达岸边为终点
因为牵手，我赤足而行便有了足够的收获和荣耀

一路上，有砂砾，有贝壳，有青松，有粟禾
我都收集起来，作为长途跋涉的行囊
你和我一起，守望阳光，于是我就可以认为
所有浮萍都有了根，所有流浪都有了家

泥瓦匠的追逐

该是怎样的陌生才能如此沉默
夜色渐渐浮起，泥土沉积之下
所有声音失聪，无声分别最好
与越来越高的灯光相见，是无故彼此为难

奔赴那么远的距离并不为抵达任何目的地
只是为了活命的挣扎你信吗？
只是为了一段自由的行程你信吗？
只是逃脱长久以来的宿命你信吗？

每一种沉默都是一种放过和饶恕
所谓天生如此，对肉体的无限摧残一直都存在于救赎之中
沉沦或者新生
都在寒冷抑或热烈的斑驳中慢慢融化

他们坚定的执迷不悟是对春风的无法表白
或者是对一路行来迤逦身影与自己求和的言败
星光满天时，他们当然相信，所有池塘都可以开满鲜花
以及留存下来，万年以后种子的复苏和萌芽

在城市的天空下，所有人只是过客
在忙碌的人世间，所有人只是经过

回家

静下来后，风敲打骨头的声音开始清晰
我一直都深埋在人海中
以模糊的眼光偶尔一撇行经的匆忙
在道路的空旷里，我确认你已在回家的路上

我欣喜于夜色里的灯光格外辽阔
因为我知道你奔赴向温暖
虽然我知道我要再一次陷于孤单
但我还是倾向你执着的团圆

黑暗聚拢过来的时候
我颇为安静和愉悦
不再为你一杯酒一支烟过后喃喃诉说而焦虑
城市适合工作，城市不适合烟火

在渐次暗下来的云色里
我一个人举杯，遥祝终赴归途的你
熟悉并将期待，繁华过后
束起思念与挣扎。你，可以再次姗姗归来

行路歌

我为难于在行进的路上步伐戛然而止
比如，读一本书到一半，写一首诗才几行
就必须因为烟火缭绕而放置
或者为生计所迫

一过经年，关于尘埃的事情会有很多
因疼痛或者困扰而无声嘶吼
也就是意念而已
两袖朦胧，遮住本就模糊的面颊
不惦记明天是长是短的记忆

所有路程的艰难我以为都可以躲过
甚至直面风雨，直面弥漫的雾霭
我更多的时候是能相信万山红遍
就像相信我能乘坐雪国的列车归来

与此同时
我希望在路上那只伴飞的鸟儿不要和我告别
山高水长啊，只有我们自己努力地飞

才能不受空弦之扰

在抵达预定终点之后，我们就轻轻拥抱

我种下的桂花树也会如期盛开

天还是那么冷

过了春节，天就应当暖和了
阳光穿透玻璃照在眉梢上的时候
我们只是闭了一下眼
雪就飘飘洒洒地下了起来

原计划是要买票回家
还要在院子里种些花
还有想贪心地支上桌台
围炉煮茶，和你聊聊十里春风

至于桃花，驿路已白雪皑皑
是否盛开的消息预计还需些时日才能赶来
当下，我们还只能遥望彼此
酝酿能够相互温暖的季节

我们最终没有想到的是
恋恋不舍地追逐和定于春天的约会也于中途搁浅
只因一夜沉睡
早上醒来时，时间和河流都再次被陌生冰封
聚首与白头，仍需岁月承载与积蓄
时光还是慢慢温养的好，我们就不急不徐吧

坐下来想念

我必须在静谧里坐下来
才能闻到耽搁于缠绵的迎春花还带有泥土的气息
河流很长，我们一起把她折叠，冰雪消融，青苔会青
春天来临时需要花开两岸

在失散的时光里，我忘记了月光的洁白
忘记了星火和爱恋落进水里的声音
被深度的黝黑掩埋后
呼吸和惦念一起被冷落和忘记

焦虑很冷静地持续，我会脸上充满沉着
甚至会罔顾扇动翅膀的声音和落羽
久叩柴扉之后，束手而立，不见桃花
我作为石子落下，听到涛声拍岸
和思念即将呼啸而来的信息

嘘，这是秘密

（代跋）

1

接下来，脚步越来越快

剩余的时间开始集合

扎堆地往前赶

我已经预计到老眼昏花的那一天

白发日日新，青袍得年年定了

原定的计划要提前准备

岁月催得紧

踮起脚尖，轻轻地路过，别再打扰了谁

算一算账单

该还的要一一还了

否则，真怕来不及

掸掸衣袖的褶皱，扑扑一路的风尘

该留的脸皮要留，该书的经历要书

2

首先要说的是

我生来胆小，惹不起事

偶尔色厉内荏，偶尔刚愎自用
皆为强撑，脸面功夫而已
底气是不足的

识学也是不足的，支撑不起理想
所以，谈论的多为梦想
基础是沙，遇水即倒
一说一听，做不得真

3
我还是个没有多大出息的人
喝不起高档的酒抽不来名贵的烟
差点忘记了
这么多年，我一直有咽炎

喝完二锅头后也会不靠谱
话多吹牛，没眼力见
好在，能认错
醒了，然后臊眉耷脸的道歉

4
从四十一岁的某一天
突然发现
内心深处一种隐隐的担忧疯狂地生长

离家那么久了又那么远，该怎么回得去？

有些心力交瘁了
管不住嘴的絮叨
"人从出生到学会说话用一年
从说话到学会闭嘴却要用一辈子"
正在变成现实

5

回家的路远近都可以在眼前
只是我微有些许迷茫
其实父亲二零零三年春天去世时
我的心就慌了
父亲属羊，那年四十九

我一个人
开始埋头赶路，慌慌张张匆匆忙忙
借了很多的伞遮了些雨和风霜
有时，也蓬头垢面狼狈落汤

再过几年
我就到和父亲一样的年龄了
我一直有个想法：在父亲坟前

盘膝坐下

静静的和他说一说这二十多年的家常

原本软弱，我们也是苦苦装了半辈子坚强

6

母亲今年七十，健康状态良好

我的另一个梦想：给母亲盖一所房子

围一个院子，种一些花草

还要养一些鸡鸭

我回不去家的时候

让母亲有些念想

平时，吃穿都是妹妹照顾的

我起不到作用

7

我还想给所有的亲人们说一句话

在我离开这个世界的那一天

不要哭

这个世间太嘈杂了，我们不再增加负担

也不要什么仪式

别太浪费时间，你们都还忙

静静地看一眼我就好

方便的话鞠个躬，不方便就算了

就在我家的田地里，父亲的坟旁边
入土为安即可
也别立碑
到那时也没几个人认识我了

8
我得给所有有过交集的人转圈作个揖
曾经少不更事，冲撞了，请多多担待
曾经年少轻狂，无理了，请多多包涵
曾经思虑不全，得罪了，请多多原谅
曾经做事不周，委屈了，请多多理解
曾经贵人相助，铭记了，万分感谢
微笑与落羽，均当一个了结